一次次升起

朱涛——著

山西出版传媒集团 北岳文艺出版社

·太原·

图书在版编目(CIP)数据

一次次升起 / 朱涛著 . —太原：北岳文艺出版社，
2024.1
ISBN 978-7-5378-6823-5

Ⅰ . ①一… Ⅱ . ①朱… Ⅲ . ①诗集—中国—当代
Ⅳ . ① I227

中国国家版本馆 CIP 数据核字（2024）第 026068 号

一次次升起

朱涛 / 著

//

出品人
郭文礼

责任编辑
王朝军

书籍设计
张永文

印装监制
郭　勇

出版发行：山西出版传媒集团 · 北岳文艺出版社
地址：山西省太原市并州南路 57 号　邮编：030012
电话：0351-5628696（发行部）　0351-5628688（总编室）
传真：0351-5628680
经销商：新华书店
印刷装订：山西人民印刷有限责任公司

开本：850mm × 1168mm　1/32
字数：186 千字
印张：7.25
版次：2024 年 1 月第 1 版
印次：2024 年 1 月山西第 1 次印刷
书号：ISBN 978-7-5378-6823-5
定价：48.00 元

目　录

卷一　明天，明天，明天

卷二　我感激命运让我认出你

卷一　明天，明天，明天

世界的玫瑰

翅膀飞走了
半个身子在挣扎

红玫瑰，黄玫瑰，白玫瑰，终将染成压箱的紫玫瑰。与
熟透的骨灰

结盟
护航天空

2014 年 7 月 12 日 南宁机场

风暴的脸色

孩子们在雪地里扑腾
像红色的陀螺
与雪团
相互
驱赶
永不知疲倦

他轻轻捂住叶子
不让嘴
发出尖叫
溅响泥泞及腰深的积雪

黑暗慈祥
无须戴蜂窝般的面具
惊吓你们

他黄昏的口袋装满声音：
笑声　哭声
流水声　爆竹声
子弹的呼啸声
万籁俱寂声

取决于他脸上的风暴

吹向哪里

2014年11月3日

故乡的圈套

你种植阴影
穿上我的外套
把枝叶还给大地

你吊唁烈日
密语般的黑眼圈
抚慰天上滴落的盐

不屑还乡的桅杆
被波浪一步步拖着
咀嚼沉重大海的铁锈红

兴高采烈的小松树
暴风雨的叹息
吹在你母亲们的礁石上
替你放逐一串串漩涡的圈套
供远方折戟
挂在脖子上的珍珠岛

我的弓箭已钝
二月的靶心射穿

明天的烟雾
是让时间领回自己的时候了

我要求取走那伤口
把故乡扎在远离胸口一寸的地方

2015年2月3日 兰州

呼吸阳光

终于可以呼吸阳光的
那一天

当我吐出压迫胸怀的黑马
看着它的蹄子
卷起风
冲垮旗杆后方的玻璃防线

请给杀我的灰尘
一个骨灰盒
告诉后来者
他们曾想千秋万代
站得比天空更久

2015 年 4 月 11 日 北京

白日梦的犄角

白日梦的犄角
顶着天空的双重胃痛

呕吐的黄疸
躲闪谷物的磨盘
捅破云朵的马蜂窝
如高跟鞋嘀嗒的秒针声
投掷率性的命运骰子
给血液受惊的山峰
吐出嘴唇发黑的积雪

陡峭升腾的下水道
淤积飞往春天的尸体
相拥的翅膀
扑向墙上斜挎的刀鞘
抖落敞开的蜘蛛网
绽放的遥远手臂
白日梦的犄角
深陷沙砾涌动的灌木丛

佩铃铛的山羊

没有底气割自己的羊毛
他们的皮已被鞭子弄脏
贩卖的头人还未醒来
黑水河的界桩围着他们
不停刨蹄子

2015年4月16日 深圳

挽留青铜的葡萄

高空骨裂时
我正低头
给下水道让路

一些葡萄
气数已尽
攥紧最后一刻秋天
用血浆挽留青铜亢奋的头盔

果园的记忆被轻易瘫痪
湿漉漉的病鸟
吁盼太阳烤箱
挤出身体多余的泉水
奔赴春天不屈的枝头

摇曳累累果实下坠
童年最喜欢的游戏
把星星当石膏面包啃
缝合墙壁渗出的明天

蚊蝇们十指相扣
安慰谎言滴滴答答的万人冢

2016 年 3 月 20 日 早晨 广州

美得像一枚指针

美得像一枚指针
直刺云霄

怎样的熔炉
配得上如此灼热的火苗

一定是火山喷发
埋下的雕像
让后来的一切痛
显得那么轻

2016 年 4 月 广州

越荒诞越奔跑

喝下早晨三颗秘不示人的泪滴
用墨绿的胆汁涂干空中泉眼
给他十个春天的刀子
再像旧日油漆一层层剥落
披上丝绸的凉爽
插在沼泽地上
让未来捡拾他的手
举起火把

时代的指针遭遇美人痣
悠然吃着巧克力太阳
稀释燃烧的冰
嗅出时间馊粥的味道

既然真理像烧焦的彗星
剩下碎瓦砾的尾巴
那就用灰烬彻底激活它
雕琢成钻石
支撑起雾霾雪崩的白昼

星星卡在蓝色弹匣里

不因金粉受潮的恸哭回心转意
困倦的群山看着凹陷的鹰钩鼻
勾引发红的月亮
越荒诞越要奔跑
用更脏的生意养活蹄子
赶超看似永久的不锈钢车轮

2016年5月7日 旅途 杭州

胸口的鸟笼

当稻草人驾驭红色的士
向我深夜碾来
我忘了我是谁
将去何处
慌乱中掏出胸口的鸟笼
扯下几片羽毛
给，这是地址

获知我是梦幻掀开屋顶的轻骑兵
司机近乎哀求的啼哭
带上我吧
混成狗日的公寓显得孤单

不好意思告诉他
我只是害着相思病
从白天内部腐败的光线
溜出一条缝隙
窥探黑玫瑰一层层撩开衣衫

2016年4月27日 南宁

2016年5月7日 改写

春天末日手指的雨滴

春天末日手指的雨滴
伸进你的身体
像蚕与桑叶
相互挥霍
掏空对方的精血与骨髓

家园的叛逆者
你鼓荡戴口罩的肺
紧紧抱住脚底石块
坚持在死亡的中途站
下车
铲除地下通道的黄马甲
但你并不奢望卸下伪装
从尘世的渣土中伸出头来
摘下眼罩
阳光不能治愈你脸上的惊雷
你捏造了一个又一个牢笼
撤退到灯塔的后脑勺
居住

饥荒时代留下的后遗症

哄抢黑暗食粮的爆破手
你小心翼翼拧干锦绣浸泡的湿毛巾
把自己裹紧在紫红袍的风景里

寒冷的妹妹
孤独的妹妹
沉默保护了你的荒草在远处开火
搂进一个人弯曲的岔路吧
去战胜沙子挖掘的命运

2016年5月8日 旅途 杭州

雪国尸检

秋天吞下的绞肉机预感将于深夜发作
他嘱咐廉价的果实们：心绞痛时
须踮起脚尖，让嘴飞出去，像呼啸的子弹，咬合大地泥泞的种子，似亲吻至爱的人。如此
披肩的盲雪才能赤裸着
找到你们匿名的遁形血迹
完成尸检洁白的惊艳一瞥

2016 年 7 月 1 日 子夜 武汉

带来风暴的枝头

带来风暴的，是盛夏的枝头
那垂挂的多汁的乌青
裸露让她百灵鸟一般走向桥的一端
而在严冬，她躲进飞雪搂抱的冰窖
用北极熊的敬意和恐惧煨热冻僵的春天
她藐视的一切卷土重来

2017年2月23日 清晨 深圳

最残酷是天空的深处

然而，大海永恒的骚动
却被这桥轻易地俘获了
如占领卧榻的丽人
我坐在车上猛跺驰离的波涛墓园
为铁舰、海豹、蓝鲸、红珊瑚抱紧的古战场
喟叹：
“最残酷是天空的深处。”

2017 年 3 月 11 日

唯一的神

四个神倚在四面窗户上
声称自己是唯一永恒的真神
既然如此
何不让刺刀舔一下心脏
看谁笑到最后

话音未落，四个神全飞走了
只剩下四只咕咕叫的鸟
“神都被你吓走了
你得接受尊你为唯一之神。”

2017 年 6 月 11 日 广州

将回到锤子过度爱抚的夜

将回到锤子过度爱抚的夜
数着钟鸣的足音
祈祷时间散落的钉
楔入劈头盖脸绷紧的晨光
做一枚合适的脚
安置不断下沉的鞋子棺木
在被赐予又被剥夺的童年

2017年10月17日 飞机上
2017年10月18日 改定

余生纪念碑

每天我都会躬身碑下
插一朵花
培一撮土
恭祝它
飞扬跋扈直入云霄
以烟的姿势俯视曾经不可一世的尘埃

每天我也会以螳臂当车的人墙抵抗它
蔓延

2017年12月6日 早晨 深圳

闪 电

闪电，你心脏的熔炉是冶炼氰化钾的吗
泣血过你的嘴无不蘸着速朽的眼神
期盼夜的荒原生灵涂炭
是谁赐予你永不凋谢的长柄银勺
吹奏海腥味的铜号
搅拌千帆过尽的波浪

哦，你是太阳和月亮的私生子
在露珠广场发动草叶翩飞
我想起驴与马的杂种，骡子
独不见它负载沉重的苦难长途奔袭

一个时代落幕了
我躲进荒草丝绒的墓地
一任白狐的雨水安抚人间

闪电！决定降生时你在哪里
整个世界都坐在缺席的审判中

2017 年 12 月 17 日 凌晨 深圳急就

秘密花园

机器人和神没有兽性
当我发现这一秘密
未来之路已被斩断
铁心玫瑰侍寝的记忆花园
将把花瓣之钉射向天空的子宫
刻下深渊的吃水线
供海底干枯的牧场张开双眼
如同曾经质疑的童话
雪亮人类的黑夜

2017 年 12 月 20 日 深圳

仅被诞生了一次

道路千万条
通天的笔直大道只有一条
泪水的女嫖客抚慰命运男神僵硬的双腿
感激他不再伪装成子弹的圆珠笔
在斑驳的天空窥视镜里
书写花园交叉小径的彩虹

你的也是我的
共同的收信地址
乱码的葡萄串数字
唯一的门铃
迎接已非晨光红扑扑的脸
一代在下一代中
张望

死亡笔直的光明大道
终于一口气吐出

恐惧缺席的主题消失后
保存雕像的肉身完美刻不容缓
面包师

将军

泛红晕的高利贷者

簇拥着奔跑的洒水车

在地球金色的肚脐上播种

何等的幸运啊

仅被诞生了一次

2018 年 8 月 11 日 旅途

2018 年 8 月 12 日 深圳改写

告别疼痛的盛宴

你撕裂我
犹如我撕裂你
合谋疼痛的共振

你成功隐藏了铁蹄
将恐惧楔入你孔雀的丹凤眼中
你使天堂的再一次雪崩
定格于酒后失手掀翻桌子的误会

你拆除镣铐
眼睛的镣铐
耳朵的镣烤
鼻子舌头的镣铐
佩戴在赤手空拳的脚步上

你吃黑暗独眼的钟声
吃空气咳血的肺叶
吃屋顶花园
吃纠缠的根
吃地底的甲虫
你在

仿佛孤独才不会自燃
赠予相邻的伤口
投递给不肯失踪的三岔路
抱枕取暖

我甚至放弃了特殊使命
负隅顽抗
将你摧毁
在黎明到来前
我选择同归于尽
抱着你无头的尸体痛哭

我视之壮丽的盛宴
在一片狼藉后
连太阳嗜血的号角都不得不动容
嘹亮自己的深渊

2018 年 9 月 17 日 凌晨 深圳

晨跑者

黎明奖赏刺破黑暗之茧的晨跑者
恭祝他们滴血的步伐炸毁桥梁的绊脚石
引领丢失的父亲的太阳
从天空走下来
搀扶偏头痛的世界

把夜晚重过一遍
出示起身过的舌头的沉默
封印问候未来的滚烫发言
将是今天盛满弓箭的眼睛
唯一看守的珍宝

2018 年 9 月 12 日 清晨 深圳

苍鹰的风暴眼

苍鹰的风暴眼
一个宣誓的集束炸弹
以光的速度
拦腰截断我的世界
将我漂泊孤岛
放出蛀牙天空的全部海水
与我白刃
惩罚我的骄傲和背叛

把癫痫病者安顿在阳台上的愿望
落空了
它分裂自己
剥开钢铁强制合成的皮囊
挖出藏匿心脏的钻头
飞赴无可指证的犯罪现场

安葬不能下葬的魂灵
缝合岩石刻录的阴影
摧毁咒语的灯塔
在电击疗法的痉挛中
恢复思想神经的坚定

这是白日梦

沙盘模型

它仍在远古化石鱼的额头上

被俯瞰

被检阅

举向最高的巅峰

2018 年 9 月 15 日 深圳寓所

铁锤的邀请

空旷的车厢
一只尚未被滚动播音器
认出的甲虫
收到了铁锤的邀请

告诫世界的撬动
并非来自死亡雇主的仁慈
而是
签名的黑暗滑出了凝血的深渊

不要惊动口齿伶俐的权杖
给太阳发烫的舌头腾出手来
与真理赤裸的嘴巴互换臂章
编制万全的预算和账户

跳进去
跳进有滋有味的铁盒
变成爆破的刽子手
报答死亡嗜血的完美喝彩

赢取一次自己塑造的伤口
用从未露个脸的复活的骨头

2018 年 9 月 12 日 旅途 福州

伤 员

“谁的天堂？要用血肉之躯一次次浇灌
为最高的手腾出天空
进入笼子
捉拿嫩枝和花蕾。”

报告长官
森林被流放的水卡住
发不出声音
请求为胜利的曙光让路

恋爱中的人啊
为了打造崭新的鸟
不惜把自己变成日思夜盼的伤员

2018 年 12 月 20 日 福州

2019 年 1 月 6 日 舟山修改

后遗症

心理医生欲测量大爆炸的后遗症

小女孩说，我捐献了父亲
失去戒指的妻子忏悔，谎言利用了我
基地出发的人
抓住天空的一角残骸作为目击证人

唯独沉默的大地
认领了幻听
“那是我一生的高潮啊
当掀开监狱。”

2019 年 1 月 5 日 舟山

雕花盒

爱过我的
都嫁给了
上帝

甜，这个词
我们认识
她的小腹光洁
没有末日的慌乱
语言的空白
划过的钉子在枝叶
歌唱
一个盒子雕着花

2019 年 1 月 6 日 宁波赴深圳途中

砌墙比赛

砖头越砌越高
像岩浆喷涌
比赛谁最早把墙砌好

当他们看不到对方的上半身
完全看不见对方的那一刻起
彼此的信赖建立了

他们曾经是

男信徒
打扮成突击队员
奇袭
提前把自己的老骨头送到垃圾场
用火钩钩出自己被火化后的骨灰

另一个姓名：安东尼·胡里奥
职业：上帝
简历：水暖工、邮递员、货柜司机、园丁
特长：制造疼痛、体验死亡、重返青春
当前状态：失业

2019年5月20日 深圳

子午线（组诗）

剃刀

“在我与未来之间形成障碍的唯一东西就是一顿饭。另一顿饭。”
米勒！真不是个东西
“剃光他的头发、腋毛、阴毛、胡子和眉毛
居然还生虱子。”
标签般扮演永不愈合的伤口红地毯
“让我们坐在上面读中世纪。”

艺术

在波斯湾
“没有一头狮子听说过斯宾诺莎”

不过没关系
“他给我们肉吃就够了”

第一次，艺术家战胜了自己
捍卫了破碎的世界

边想边干

他边想边干
根本停不下来
一坐下，思想的灵感就纷至沓来
像极了一匹喝醉酒的瘸腿的野马
描绘着古代世界地图

早晨

那是少有的夜晚
铁轨吱嘎吱嘎叫
火车信号在血液中闪烁
勃起如插上翅膀的子弹
我跟车厢里的每一个女人跳舞
搂抱
吻别
因为早晨就要走了
早晨就要走了
就要走了

最后一本书

最后一本书将成为一部新《圣经》
像一辆公共汽车把过去全部带走

一夜间掘开图书馆、学校、教堂、地下通道、皇宫、大剧院、哲学困境、
墓园、认识论洞穴和弗洛伊德性欲炸弹
建造者和设计师将全部死去

2019 年 4 月 13 日 深圳寓所

和谁交谈（组诗）

伪装的大师

一阵急促的电话铃警笛般响起：
“他是大师吗？”

黑暗那头
我惊诧一个幽灵自午夜跳出来

转眼之间
风暴来了
留下满地海螺的弹壳

这次你没有趿着拖鞋
携带口无遮拦的绳索

你脱光衣服
把棺木裹住
仿佛小心翼翼搂抱语言易碎的爱人

这不像你惯常处理伤口的手法
你默不作声
你悄悄拉住世界的衣襟

仿佛哀求
“你是最后的真理
你不能走。”

“黑色的潮水啊
没有听众教我怎么活。”

彩虹啊
还剩下什么主义
风格
大师
一头斧子的野兽劈开我们
刀刀见血

你喃喃自语

你口齿不清

你语无伦次

你没入大海的汪洋深渊当中
踉跄的漆黑的钟声
那也是我的
唯一最好的归宿

2019 年 4 月 29 日 早晨 深圳寓所

明天，明天，明天

当明天叫我回答，谁是他的父母

我一阵咳嗽，不敢承认
一只小雕像打碎了
捧着的血哀号不止

曾经，西红柿的太阳喂食我们
围着被捆住的嘴唇：
乖乖
面包会有的
牙齿也会有的
窗外，云朵鸽子般穿梭

我听见笑声，假的一样
我看见梦忙得团团转
我认出眼泪正演奏交响乐

向自己宣战
让白昼宽体解衣
夜晚安静吻她的脖子和胸口
证明记忆从未有过冰块与签字
我问死去的尖叫声
一位穿白衬衫的拇指姑娘

这一切是如何做到的

“怎么还未学会当一名卒子
任生活棋盘的眼睛蒙上黑布。”

我以为你已经忍住
我以为你能够忍住

以废纸般佝偻的身体璀璨花粉世界的千疮百孔

所幸，人间如同没有我们存在过一般
依然美好

2019 年 5 月 11 日 早晨 深圳寓所

炉火正旺

一夜与另一夜有何分别
当胸膛被生活掰开
加入
盐、铁屑、哽咽、匕首和灰尘

当沉默像鸟儿一样伸展
擦掉记忆
道路尸体般笔直

将大地吊起来狂欢

当语言的光一件件剥落
坠毁
飞出绞刑架的天空

你说，这又算得了什么
比起我诗的熔炉冶炼的合金的骨头

是的。人类幸存的天线
若干年后
挽歌会变成一个小男孩
治愈我们的死亡

2019 年 5 月 11 日 深圳寓所

我嫉妒过阳光

我嫉妒过阳光
永远新鲜
把一瓣瓣花蕊
塞入嘴唇
逼迫大地成为愉快的哑巴

然后教嫩枝的身体跳舞

雏鸟般醒来
伏在黑暗的肩膀
高喊：
我看见了
天空的万花筒

旋转是容易的
闭上眼睛
抓住抛向风中的帽子
快速地笑
像一只晕眩的老山羊
迷惑云朵的审查员

然而，这仅仅是背影蒙骗夜晚的错觉
在燃烧的田野
荆棘刻下的
救赎
为每一面破碎的镜子
缝合空旷的号角

2019 年 6 月 6 日 子夜 福州

预言的天空

我洗手。反复。虔诚对天空抛出的硬币

秘述我的心愿

耳朵替我清洗
战栗
让我忍住刚举杯过的嘴唇
滑落的眼泪遗骸

没有谁相信
奇迹发生了
骑在歇斯底里旋风上的正面头像
在空气不停拍打的声音狂欢中
坚定地站在了祷告的岸上

像我不断坠落又升起的人生

有人替我受难
把自己绑在了十字架的地平线

爱
血色奔腾的海
寻找我
以绞刑架的宁静

抵达

2019年3月31日 深圳

一次次升起

三种选择：
沉默
辩护
剥皮或绞刑

每个时代提供给动物的标准菜单

但她说，我不同意
我不接受
我反对
我要替自己审判
并且审判命运的倦怠

“站在天空中
你们不觉得我很美吗？”

如果一条捷径可以绕开
死胡同
呼吸困难的嘟嘟囔囔的嘴巴

如果语言的冰雹砸在白纸的大地上
获得的一种权力
类似于歌喉跃出闪电的快感

如果历史的秃笔
终将描绘转世灵童
在镜前剃须后的荣耀

那么羽毛无论以何种颜色登场
都是对从不欢呼的蛋壳的挑衅

这是个美梦
以灵魂抵债名义
命令时代重新确立身体的座位

驴、马、骡子
我爱你们

2019年4月5日 清明 深圳改写

大海的压舱石

大海的压舱石是船
而非天空垂钓的灯塔和岸的水族馆

一条生命浪花碾压出的真理航道

倘若知道等同于知识
知识分子贬值为主义的面包屑

横尸我们的嘴角
仅让饥饿的胃通过枯萎成溪水的大海
航行

如果沦陷于这样年轻的外星球
歌声的方舟何用
端坐于课桌反而显得可疑
不如弃它而去

琴弦崩断了
但一代代传承
哭泣着
要成为粉身碎骨背影的音符
汇入洪流匿名的脚步

你
不忍逼视的
也是我所不敢践踏的

人心
最后一再被推迟的压舱石

许多人把帽子扔向空中
如同抢夺鸽子蛋的风暴

2019 年 7 月 12 日 早晨 深圳

抒情的疾病

如果疾病的本质：抒情
会把蔚蓝分离成荒野
制造一个不像自己的自我
那么疗愈只能接住天空的一部分堕落

认识到上升是死亡的必由之路
并且要陪伴终身
你身体信仰滚烫的热情
被时间的款待冰冷阻止

厌倦的另一方面
来自玫瑰被活活燃烧的秋天
天鹅的哲学过度沉重
让落叶的诗意濒临痉挛

于是
拯救灵魂与肉体的双重任务
变得亲密而急促
加深了水面未凝聚的印痕

洪灾的颜色都是每一滴水珠的颜料
即使推波助澜
从混乱中剥离

也无法清除黄昏枯萎的幻想

唯一，退回到出生地
削一支独木舟
横扫淤泥的深渊
让落日变幻朝阳
把黑暗的鸟冶炼为不屈的长笛
成就绝望的典范

你几乎接近了目的地

2019 年 7 月 12 日 深圳

与谁交谈

在我悉数清点的星辰队列中
不乏佩剑、帆、碎石头和泡沫
但独缺挑开自己心脏
肉搏大地阴影的认领者

你在东方来临之前关上门

困难是：钢丝上的麻雀太多
影响了琴键发出闪电的声音

这是一个矛盾，地方语言夹在我们嘴唇中央的缝隙
意味着野蛮、可耻
甚至荒谬
但又是禁忌所禁锢不了的

迷路的，不只你
马、乌鸦、蜘蛛
包括我们天生恐惧的黑蝙蝠

提前兑现死亡是轻巧的
让窗台锁住流亡的阳光
烧掉测量记忆的水银柱
推翻日记的供词
被抬上祭坛的担架

这样
人民就不存在了
大地只有埋葬神性的棺材

多少夜你裹着雨披在房间来回走动
只为积聚不停在霹雳路上奔跑的脚力

丢弃幻觉仅是开始

何谓同代人？

在痛苦的茧中抽出丝

织就人类思想的锦绣

2019年7月10日 深圳寓所急就

恋人的伤口

何等幸运
一盏灯
终于在肉体黑暗的寓所
煎熬出血液混凝土腌制的层层快感
将时代恋人伤口的高射炮
折叠成三脚架
送往屠宰场的摄影棚
重演默片经典剧

登陆地狱最低阶的欢乐时刻
他与她同时获得：消逝的永恒

2019 年 9 月 4 日 深圳寓所

转折点

黎明前夜发生了枪战
一小股游魂
遭遇了更年期口令不一的肉体路障
沉浸在绝望最高黑暗的山峰

跺脚
夜
殁
洞开一个血光飞溅的黎明

历史称这种意外时刻为转折点
澎湃未来的节日

2019 年 9 月 12 日 深圳

浑然不觉

又一次穿过墓地
如月夜泛舟

枯黄的枝叶
迷了路
对风暴吸盘伸过来的小手
浑然不觉

我要求命运的巫婆
对结局作冗长的解释
她说那是圣人所为
此处仅对青一块紫一块的瘀血
做消毒处理

神的道路神秘莫测
有时会平白无故撒谎
许诺宇宙从重压中挣脱出来
我承认是个失职的人
把情欲般强烈的愤怒玫瑰劈开
藏匿在岛屿的各个角落
而自己却挺立于荒野

让园丁在模糊的路碑前
艰难地辨识彼岸

2019年12月23日 舟山

红色暖床

爱情红色的暖床与她的病玫瑰们
一起讨论了手术室的词源
关键在于针眼的鼓点，如何刺破
哑巴的沉闷之夜
支撑每天带来的坏消息
瘫痪的天堂或僧侣，忍受和忍受不住的
皆在祈祷雨点省略掉破折号
须有新鲜的行军号，一跃而起
焊接心脏的断裂层
跨过壕沟圈养的天空
还给双目失明的瞬间一连串兴奋剂
更倾向于伪造不可撤销的罗曼史
晕眩幻觉的时间
挑衅荒草杜撰的墓志铭
解除命运和死亡唇上的双重咒语

陡峭的遗嘱美妙如风
抚摸时都找到了彼此永不消逝的舌根

2020 年 1 月 3 日 子夜 深圳寓所

睡吧，小可爱

不是饥饿的时代
不是受难的时代
为什么还要说脏话
而且得到了蠢货杂种白痴这样狗屎的勋章

因为太多的法术
太多的咒语
以真理名义
实施了一场浩劫

因此，脏话是新的乐器
歇斯底里的哭喊和狂笑
是驱邪，焚烧，摧毁，消灭
是克服野蛮的实验和革命

睡吧，小可爱
今天是吉日
世界安静得听见自己的心跳
所有河流的血都收归了大海的仓储

2020 年 1 月 2 日 深圳

后　天

沙漠的空军实验室
在月亮的表面引发了一场骚乱
“目标全部击中。”
看见的都否认他的存在。
“谁在撒谎？”
保险柜上锁了吗？
墙上的一面安全警示牌在追问
改变弹头的设计必须提供数十亿美元的弧度
军人的状态得不到矫正是永久的
广播在一个超高频道上掌控制胜权。
尽可能雇用智能机器人
金属身体，电子控制，完美无瑕
不会因为一个鳏夫的忧郁而疲倦。
纽约到盐湖城还不够遥远
一支望远镜拍出了蓝色玻璃的风暴
请加速，轰炸。将军。
降落伞一面是暗的，有杂种的味道
“太荒谬了，这不可能。”
疯子如释重负，头上盖着报纸
其中一个声音说，是兄弟出卖了他。
精彩的骗局已经受够

一截雪茄灰遮住了地址和名字
已经听不到舌头的真相。
这么快就结束了，显然有点不甘心
一个年轻女子的尖叫避免了
把恺撒、彼得大帝、俾斯麦、罗斯福、耶稣基督送入外太空。
“这是个误会，吹口哨吧。”

2020年1月9日 深圳寓所

圣　人

半夜
被隔壁的热浪吵醒
“凭什么要我牺牲？”
而不是你

“凭什么要让我牺牲？”
我反复叩问自己
一个道德的千古之谜
由黑暗里卑微的沙粒
拉开帷幕

“我不下地狱谁下地狱！”
“因为总得有人牺牲！”
产下祭坛珍珠之卵

历史的褶皱处
挺立了号角壮丽的晨曦

2020年1月14日 旅途 清晨 福州

护身符

气象台忠告
不要对飓风抱任何幻想
即使它呻吟
像报废的钢琴
仍将被大海和雄狮热爱

我从来没有轻视过
酷刑护身符的威力
痛彻心扉的受虐的爱

如果确有瞬间
变成笼中的兔子
那也是模仿人类
在铁锤够不着后脑勺的时候
弹奏雪花

2020 年 1 月 13 日 旅途 福州

生日礼物

孤独
最好的礼物
如果喜欢
今天可以是你的生日
发现这个奇迹
已经整整七年
许可证
没有任何动物打过防疫针
或者宣誓效忠
他们最多给了一枚铜质纽扣
闪着光
精彩的比赛还在后头
到小树林中去
如果坦克履带漂亮
今天我们就玩这个
完成任务后躺下
战争结束
世界保留了洞穴最初的新鲜

2020 年 1 月 12 日 深圳

赎　罪

最好的赎罪方式
种植一片小树林
把春天操办得像造币厂一样
让冬天既嫉妒又咬牙切齿
得到热烈的回报
然后被山巅一路召唤
桃花蜂拥而至
像赴一场决斗
“有人死了”
手上沾满鲜血
仿佛触碰的是露珠
月光裸泳
悬崖迷人
以天空完美的姿势审讯
但潜意识里
却一直为自己加冕
似羽毛洁白的钞票

2020 年 1 月 13 日　途经漳州

探　险

“女人是上帝赐予的巨大浪费。”

“如果有改进的话，应该把那些书烧掉。”

“缺了它也不会一瘸一拐走下去。”

“发射头脑风暴氢弹。”

“现在谁不相信心理动力的存在呢？”

“电子蜥蜴的破坏性已被证明会毁灭人类。”

“新科技并不必然对人性的改善带来福音。”

“让那些可怜的动物休息一周吧。”

“接下来不知会发生什么惊天动地的大事。”

“继续掷骰子。”

2020 年 1 月 19 日　深圳

记忆清单

列出痛苦的清单
仿佛伤口上撒盐
因此重返白日梦
解除了旅途的危险

看她策马而来
披一张紧身豹皮
手握一支自动步枪
他取消了嘴唇上的吻
懦弱的结局都是一样的
同一瓣空气
必须鼓足勇气与蜜蜂决斗
积聚跃上天堂的能量
阳光下他不断摆弄皮带
如剑出鞘
有几次差点成功
转移到衬衫第二粒纽扣的弹道上
少女们已经从黎明的藻类
长大成金发浓密的夜
喷吐鲜红的火焰
准备拯救在旅程终点抵达前

冲出轨道的火车

“如果这是藐视命运
那也是噪音嫁接到了白昼的风景上。”
他一生的丰功伟绩可歌可泣

2020 年 1 月 20 日 深圳

卷二　我感激命运让我认出你

我感激命运让我认出你

还能要求更多的引擎吗
轰响排污管截获的黎明
在宽阔胸膛的人行道上
叉开，你说
小男孩
别怪我

有什么合乎逻辑的生活?
都是接受命运女巫专制的检阅
偷听漏洞蓄意隐藏的求欢
一份迟到的强加的赝品

你有亮得发烫的欢乐钢丝绳
有迅雷在拘
准确无误的天气预报
而我仅有时间的雀斑
挑衅鸟笼干净的白皮肤
伪装成没有菜单的园丁
触摸手无寸铁眼睛中醒来的爱人

应该满足肥皂泡的庇护所

带给溺水过客签名的逗留

你的，我的

坟墓继承的共同的巅峰

当最后的结局来临

我感激命运让我认出你

2020年11月3日 深圳

废墟之脸，献给你

碎片身上的唇印
为你赢得了
摧毁地址的绝技

但主权雄辩的宣誓签名的献祭
一个证词的停车位
并不能代表遗弃你的明天
不向斜坡撤退

“为什么选中一个小男孩
充当临时野兽的保护伞
将熙来攘往的禁忌
从大脑中连根拔起
难道命运共同体的协议生效了？”

我们仅是无根的蜇痛
暂时借贷了黑暗能量
无力赦免挑衅一切玫瑰的重负
奖励满面春风沉默的舌头

在乌托邦频繁换气的地方

时间的监狱仍将奇袭囚徒的过客
掩埋光明胁迫的人性裂缝

雪崩后的废墟之脸，献给你

2020 年 12 月 20 日 凌晨　寓所

缝合失眠者头顶上的那盏灯

就在塔内
不止一个太阳落山了
你答应给自己武器
溅出地窖枪声的泥浆

即便是一个偶然事件
你仍要通过彻底的清洗
把留存白布上的白斑点抹去
摧毁世界的盲眼
让荒漠践踏出的新足印
摁住死亡的脏手

这是我与你的不同
我无力缝合失眠者头顶上的那盏灯
实施灯火管制的亚黑暗
我只能祈福收回失踪的目标
悄悄退到最远处
作嘴巴小小的哆嗦
用碎石测量宇宙的高度

我现在理解了

什么叫“真正的悲剧人物，是乌托邦”

2020年11月29日 凌晨五点

2020年12月21日 改写

创造布满纪念碑的废墟

如果没有你楔入人类的号角
我们的嘴是不存在的
依然是排队顺从地进入子弹的一个躯体

你，为幽灵阶层的觉醒
构建了强大的通风口
让他们在火焰到来时
签下自己的投名状
创造布满纪念碑的废墟

尽管你并不依赖额外的兽性
替负荷超载的死亡开口说话
审判层层叠叠的僵尸军团
但我们需要挥霍巨大的影子债务

别再言什么得救的解体计划
只要刽子手幸存留守的一天
我们就不能从好客难民呕吐的呼吸中
颠簸出白血病的黑色素
捕捉紧急状态下的赤裸生命

从挑衅缩进山羊皮的招供程序出发
为自己的历史做最后的辩护和庇护
“夜越深，客人越美丽。”

2020 年 12 月 21 日

彼此一夜

生活并未按想象的箭头
空中开花
蜇痛一群睡着的小露珠

只有一个漆黑的太阳留下
沸腾的寂静

“你哀悼谁？”

“为污点的明天寻找肉体产品代理商。”

然而我说不出口
不再为谎言加冕
丢弃伪装成真相的新生儿传来的指纹
发明罪行

我仍将呕吐画框里的惊雷
给发霉的历史星光
提供一年一度的防腐剂
代言设计草图中的天堂

“神，还是老鼠？”
坟茔般的旗帜
凯旋，唯独你不能
窥探蒙面的窄门
赦免不该赦免的灯塔基因

彼此一夜
看不出有更深的悲伤
止泻瀑布般下坠的飞鸟

“人们走向战争。”
重复，重复，重复

2021 年 1 月 21 日 深圳

伊甸园救护车

坟墓的礼堂
诱惑一滴精液
发射榴弹炮

在一公里的地方谢幕

他偏爱望远镜里跳伞的避难所
去烟雾中旅行
用所爱人的眼泪

不会得救的男人
女人的勋章只奖赏完整的宇宙
她们渴望的不朽的权力
仅为持续提供特制的未来罂粟
鼓掌

紊乱的边界廉价
压舱石不允许失踪的玩笑
碾碎伊甸园救护车葱绿的一天
触电世界的大合唱

几乎拥抱了美满的人生

2021 年 1 月 22 日 深圳寓所

起　誓

已经罪无可赦
已经两手空空
时间的新基督仍以白发苍苍的深渊
梳理想象的漏网之鱼
宣告忏悔的荒漠皮毛
诞生祭坛的绿洲

扔出浮云的骰子
取消播种营地的禁忌
却也未放过命运偶然的风
摇动的眼睛　疼痛的阴影

他让我们起誓：
索取黑夜里醒来的血统的钟
赔偿最后白昼抗辩的针刺耳鸣
他命令我们祈祷：将最初分配的嘴唇抽芽
无限裂开
抚慰斧子满地汁液的毁灭

不能再纠缠
有没有合适的尸体供我们安放

无论在哪里都要作为灰烬的人质

欢呼雀跃

达成了永不上诉的协议

2021 年 1 月 30 日 深圳

锚

让我们召唤
深海
沉沦的水
打捞她的盲眼
修复无址的
目的地
让她有光
开采
潜望镜里的蔚蓝
端正海浪花
摇摆的头
紧紧抱住
深喉的铁锤

喊天哭地的震颤
不代表脆弱容器的破碎
而是真实的存在：亿万年的繁荣
轻轻穿透水面，摩擦生锈的心
“时间收买的错误该轮到时间自觉赎回。”
抓住它
捆着它

簇拥它
如同执行新律令
披戴黑暗全部的弯钩
再一次全力盲航

旁观者
伪造的损失
远离了崭新的钟声
蒙蔽无与伦比的
初生伊甸园
无须彼此说服
那凯旋的诱惑
足以抵抗尘世犯下的一切
降临在星星游行的队伍
生命轻盈如雨滴
绽放
一次次冒犯
压在身上的
倒退的夜
现在我们可以说：锚，真好

2021年2月26日 元宵节

送一颗糖衣炮弹，给你

扔掉所有的尖锐
让光沐浴在身体中
打磨
旋转

将眼睛中的黑暗致残致盲
晕眩于世界
沦丧于宇宙
只留一角心灵的窗户

倾听最初的自己

什么都不需要想
什么都可以不做
使万籁寂静

送一颗糖衣炮弹，给你
这混乱的贪婪的逻辑
即便是毁灭
仍欢笑着喝下，以全部的嘴
迎接

返回白茫茫干净的诞生地

2021 年 3 月 1 日 清晨 寓所

两只终点不同的口袋

两只终点不同的口袋
让热情的手
茫然失措于迷雾里

恋爱中的人啊
除非我们日夜祈祷
能将稀疏的雨滴替换成丰沛的银弹
浇灌贫困的围墙

拧成一股绳
编织万世一系的王国
正是血统睁开早晨的眼睛
必修的前赴后继的课程

无论以何种诱惑抵抗
捆绑的脚步
依然是奔跑最整齐最壮烈的队列
嘹亮一切浩歌之上
峰巅于人类的思想

2021 年 3 月 1 日 早晨 寓所

晨曦幼稚园

神的道路无限
亵渎才能接近它

悲剧是：在梦的荒郊野岭
鸟须以不屈不挠的孤独
皎洁闪电

并且“不仅要像明星，更是要像沙皇”
将晨曦幼稚园的信仰
表演得惟妙惟肖：
“良人会在每一刻引领黑暗的洞穴扑翅。”

2021年3月15日 旅途天空中

翻　案

“遗嘱有个好处，暗示你会有一个未来。”
与身后全然不知的世界发生纠缠
好像贿赂好了
哲学一个猛子扎入迷雾虚空的弯钩
抚慰枕头哭湿了的相思林
解放的似乎免除了折磨的现世
实际上身体新鲜活着的抱负
期冀陷入侥幸的狂喜，永不翻案

2021 年 3 月 19 日 杭州机场

这一次我们会赢

“这一次我们会赢。”
因为岸重现了夜盲症

我一直害怕断崖式崩塌在我体内
突袭狰狞野蛮的原形
在见过太多的没有灵魂的废墟后
我的担心并非“他们是否错把猪当作了队友”
而是披着的薄皮囊从未见证过
钢筋铁骨的编织
重入恶臭不堪回首的下水道

一只猫在抓弄我锃亮的鞋子
当我怒目，他莞尔冷笑
“给你一千个口水，就能倾覆一座城，你干不干？如果不够，再加十倍。”
他视我为同类和伴侣
也许是对的，不存在行不行，而是看你出什么价
忽然我明白了另一只号啕大哭的猫
原来在计算还剩多少热量等待对手回心转意
两只猫用嘴焚烧布谷鸟钟
两只猫是在用心隔岸叫春
他们清楚“我很容易被一下除掉”

现在，我要一点点积攒力量

向圆点外移动

2021 年 3 月 24 日 寓所

柔软了，就痊愈了

越来越不喜欢医院。总是训诫
这个，禁止那个。不像我的心上人
让我忘我，让我鹏程万里
现在，一个伟大的实验开始
月亮红薯，柿饼太阳，牛奶，闪电的章鱼汇合到腹部小小的球体
将巨大混乱搅拌出的新能源
供应给八面四方缺电的春天道路
臆想是创造的燃料
但不能强制统一为标准活塞
认识到这点，我体内的白石灰已膨胀为肠梗阻惊悚救护车
护士惊讶："为何遇人不淑，把妖精当天使？"
"妄想症可怕。她们吹嘘我：
唯一的神，唯一的救世主。"

戳穿了，柔软了，就痊愈了

2021 年 3 月 25 日 早晨 寓所

发生在我身上的都是罕见的

——赠双生花

发生在我身上的都是罕见的
一双手丢失了自己的主人
一颗魂脱离了可歌可泣欲罢不能的
囚禁地

我问：何谓错
以梦为马何言荒谬
如果正大光明是大道
一千束隐藏在黑暗中的火苗怎么一定是
歧路

我在卖花姑娘里找心
在她们姐妹的发丛中寻觅蜜蜂

她们答：
大海和天空从未要求你们
掏出欲望的铁钉
检验底色与成色
批发流水线的伟大

从不限制是最大的自信

他解放滴水

启程万水千山

他孵化闪电

翱翔百鸟沉睡的翅膀

命运偶然抛出了一根红丝线

假若如此，我请求你们

一起

跳进蜂巢

恋爱

缔结独裁而美丽的新方所

2021 年 3 月 31 日 早晨 寓所

乱世佳人

闪电的 X 光照耀了肺结核的情欲
预言三年后脸上的桃花
会结出朵朵离乱的蝴蝶斑
她不信
黑的叹息的基因遗传偷渡客

良夜的咳嗽中个个都是绝世美人

2021 年 3 月 31 日 早晨 寓所

象牙塔

谁通过绑架俘获了最后的胜利

水煎熬时间的米粒，解开源头
成就万物之箭
火跟随自我的完全焚烧，决然
拒绝复燃灰烬，重新武装黑暗的脸
它们克服了中心的意志
因而成为自由神

人类试图意味深长，将嘴磨得更亮

2021 年 4 月 1 日 深圳

表象的玫瑰

表象的玫瑰，让我迷惑
越接近，越不舍放手
一双已无法灼伤的阅读的盲眼
卷曲泛黄的锁链的白纸
将经受住时间枯萎溅射的快感
像我灯塔般屹立的黑暗的心

她起飞，深入那花边的核心
考验骑着庄严思想的云朵的蜜蜂

2021 年 4 月 10 日 寓所

加入遗忘测量的源头中

灰烬是无法获得尊严的，绞碎了骨头
脏器和合唱的牙齿
耷拉在冰冷的熔炉中
被黑暗完全吞噬
即使颤抖地想站一小会儿
灰白的桎梏绝不允许身体
有片刻授精幻想的冲动

我拒绝火葬

形式上它也是天空懒惰的学生
抄袭一成不变弓腰的云朵
没有一丝道德羞涩的歉意
对刚刚喑哑的热情的竖琴
作同谋的掩护

如果必须拨动死亡的音符
我希望是一件收藏
跳着光影的双人舞
路标一个出乎意料的惊叹号

我宁愿荒草不息地环绕
叮咚的钉子支撑棺木

根，复制虚构繁荣的理由
让我在每座至亲的坟茔掬上三撮新土
将缺钙的支流加入遗忘测量的源头中

2021年4月3日 清明 富阳

2021年4月11日 改写

文明的孩子

倒飞的鸟赢得了学步孩子的仰望
也让古老的父母长出溃疡天空的新眼睛：
时间的黑洞就是用来玩弄的
一如玩弄性器和沙之塔尖
废墟裂开的人类高度
渺小得可以忽略宇宙刹那的称重

天鹅凌乱的最后的绝唱，破晓她的
我们的，内心风暴

2021年4月16日 早晨 寓所

作为一种调情的抗议

某种程度，抗议是一种调情
在得不到回馈的自画像上撒娇
不可以当怨妇，难道不允许将拌嘴之火
蔓延至宿主嗜睡的思想森林

与摧毁不同
分裂的身体并不催促肉体
长出崭新的灵魂
它还是对旧肉体的继承
只是祈求再占有
让遗忘的噪音继续抵达和谐

挽歌有自己熟悉的味道，闻不得异香
它伤口的药引一经被发现蔑视
求欢相互滋养的凋零绷带将不复存在

丧失的，不仅仅是良机
还有玫瑰床第与撕破天空的画布
可能的持续的结盟

2021 年 4 月 20 日 深圳

给幸福去病

少女容不下眼睛的任何沙子
这美好的胎记
让淡忘时间的记忆试图矫正混淆的错误
人间是一场修炼
不仅要接受雀斑的瑕疵
承受疼痛的阈值只要未到熔断的极限
必须挺住
在产房，我看见痛苦实现了最高意志

繁衍是终极引擎，一切要为其让路
犹如重装的拆卸的机器
一下给幸福去了病

2021 年 4 月 21 日 深圳

示爱洁白的武器

——致逝去的青春岁月

当佝偻的路穿戴着年轻替身
列队向你致敬

我在白昼践踏过的躯壳中
认出了影子孤单的未来

不管寂灭的灯是否起航

委身黑暗斑点最小国土的脸
困倦于灰指甲星辰壮胆的边境
已然是脊梁骨的拐杖之手
翱翔天空的光明大道

最后也许不得不向浸泡了福尔马林的守夜人
示爱我们洁白的牙齿
一生唯一尖锐的武器

2021 年 4 月 24 日 凌晨 舟山

无论在哪里，无论是什么

相比葡萄胎的旧日，就诊的人少了
许多。软件工程的升级
将奇装异服的病灶直接扫描到
脸蛋上，输送至社区的废品站加工
特殊的礼物照亮了疑难杂症的精神病
这些储存了隐喻象征的语言魔笛手
把作为背景的陈词滥调的黄昏
撞击出年轻卫生球防腐的幻影
安抚被生活折磨的桌面
重新庄严说明书的蓝图
仿佛受孕的是另一个星体
火焰冒险的卵柔软了
我突然怜悯起千疮百孔的耳鸣
表演的方阵的旋律固然可悲
可我连偷听同声的资格都不具备
仅是买错了保险的看客
阻止着无法免疫的系统的崩溃
无论在哪里，无论是什么

2021 年 4 月 20 日 医院

2021 年 4 月 24 日 舟山改写

悲观者的恋爱

悲观者的交流雷同于一场恋爱
黏合了出入口混淆的焦虑
将避孕现实的特权
扩张到艺术创造的深度
由此逃脱有组织的惩罚条例
开启另一种信仰的凯旋

每天迎接毫无征兆的陨石
献祭一小片宇宙的崩坍
反而鼓励了思想的间歇泉
雇用婚配的流沙
坚硬秘密的翅膀

更浩大的胜利通过时间涡轮
赋予的巨大离心力
急剧拉升肾上腺榨干的荒凉
使虚空的未来酿出蜜汁的甜美
狙击对坟墓烈酒般的依赖

2021年4月5日 草写
2021年4月26日 舟山改定

命运的刺客

命运，脱缰的野马，总想辟出一条生路，开山凿水，直抵云天

顺从它的雄心

当我检阅刺客的足迹，一把心酸的珍珠泪

炫耀它，在雪白的岁月之颈展览
鄙视它，可以是锁链，看着自己的脚
欢喜地套上
并荒谬地携带随身的坟茔的口粮

当初，如果，用匕首，用剑
扼住它
两只眼睛未必撑开一线光明
而黑暗可能的昏厥一定不存在

2021 年 4 月 26 日 舟山家中

薄弱的力量

革命的海洛因注射进了云朵的肌肉
往后的日子要云高天淡风和日丽

凭什么只享受美妙的调情
而不承担调情的后果

轮到霹雳娇娃一剑封喉
馈赠她

同类最易看清本质
我对她说，革命不是写文章
花拳绣腿
薄弱的力量要等到最后用

2021 年 4 月 26 日　舟山家中

站在时代分裂的头发丝上

不出门，要不要练习说话
镜子摇摆于每日贴上封条的脸

满是狐疑的世界
该怎么向你阐释
树木谦逊斧子
荒草根植茁壮的坟墓

旁观者的沉默
让屈膝黑暗苔藓轨道的星光列车
看清低矮时才显瘦的真面目
历史弄脏的不仅是契约的尊严
还有口吃的耗尽警惕的心灵哨兵

我们都是假面舞会的局外人
尝试着在时代分裂的头发丝上
站立愉悦的群山
宣布雄辩术的胜利
在白昼摘除耳鸣的青光眼之前醒来

2021年4月28日 舟山

历史的替身

历史的众多替身
得宠时都坚信自己是永恒的主人
可以随心所欲践踏祭坛下跪的崇拜者

确实他们整齐划一的命运
焐热了掌声空前团结的乌云
使钟情闪电丹凤眼的鸟儿们
措手不及

有时时间的缪斯也会假寐
杜撰无性繁殖的高潮
让偏爱情欲姿态的赤裸羔羊
唱和天使修辞倒错的诗意

沉默的代价往往是雪崩般的
内讧纠正双目失明手术台上的天空
血酬购买的文明保护费
只能用全额的兽性支付血腥味十足的高利贷

牺牲收获了暗语正确的眼神的放行
赝品认证真迹的古老技艺得以恢复

猫的哭丧更像是心花怒放叫春的咒语
不得不将历史真身草草裹尸
掩埋到人迹罕至的考据学荒野

2021年4月29日 凌晨 舟山家中

关于我们是谁

关于我们是谁，现在已有了清晰的答案

释放它，每一朵罂粟花的白昼
都有一张独特的嘴
挽着对坠崖黑暗的迷恋
而惩罚美梦提前降临的预言
似乎又不那么甘心
尤其当你没有伴侣时

明智的是，将满载主义乌有乡燃料的货车
在真理衰老的界碑
迎面撞击实验室越狱的小白鼠
共同导演思想史上洋洋得意的无头案

2021年4月30日 舟山

预　演

战争在预演。劳动的斧子
补充生活的桌椅
展开一场血肉竞赛
它们说，谢谢你的合作
将童话限制在小盒子内
当我犹豫是否在插图中
修改传统
一位年轻的姑娘冲进来
竭力阻止兵士的微弱声明
把租用的糖果再持续许多年

2021 年 5 月 1 日　舟山

台风来了

海的道路坎坷，它银质的惊慌
像通货膨胀的星期天
早已无法把肉体电压的落差输送到边穷山区
它说，我唯一的遗憾是不够出名

一代代，一生，学习摔倒又爬起的软骨波浪
凝聚海平面

但台风来了，激荡它心灵流亡的小松鼠
迎接一个个漂流瓶的岛屿

居无定所反而无所畏惧
这难道是所谓的死亡真理的戏剧
在受难日到来时看清嘴里是否含有金钥匙

容器都是一样的
盛放高贵的，不能让其卑微
眼泪的花朵也绝不会一跃为苍鹰
闻一闻
让出售的灯塔奔赴故乡
重新灼亮面目全非的蜜罐命运

2021 年 5 月 4 日 舟山

流行病，盖章合格

伟大的灵魂
才配得上时代的杰作

当再次确认是神迹的眷顾
连白昼都叹服自己的胸襟：
把对手的恨
发展出深刻的爱
冶炼为没有任何解药的流行病
长期占领娱乐排行榜的心扉

确实，黑暗
人类从未亏待过她
像被父亲宠坏的小女儿
不时从魔盒里跳出来
祝福颗粒无收窒息的偏头痛

一堆肺结核的乌云，经过阳光
层层检验的手，盖章合格
顺利出炉
凭什么？
炫耀，炫耀，炫耀
不！是储备了无数刀锋的黄金的实力

2021年5月13日

一路喊着，亲爱的

细腰身的蚱蜢渴望打仗
军师说，想吃肉先练习分身术
转弯抹角玩弄设防的解放区

这些雕虫小技
阳光把早晨涂抹得雪白血红
完全看不见黑夜引擎发动的痕迹

生活无限廉价但可重复消费的艺术
给贫血历史提供了真相隐私
永不衰竭的春药

感恩命运豹子恰到好处的施肥
筑起更高的人头的债台
一路喊着，亲爱的，我来了

2021年5月14日 深圳

2021年5月19日 修改

剩余价值

在雄性身体的零部件中
膝盖骨和脊椎往往是被遗漏的
因为它们不在深夜钻孔
对着隔壁的小便池施放毒气
我们在动物园里看到的猛兽
都是自带凶器的
把恐惧当作赚取快乐差价的生意
这种游戏如果能够揣摩且发扬光大
摘取雌性看客成熟桃子的嘴定会让你惊愕不已
如闪电突然洞开的窗户
既恶毒狡黠，又温柔愚蠢
网罗苍蝇麻雀还有翅膀未硬的小天使
撕咬委曲求全但又梦幻合法的伊甸园

榨干不可预测的世界剩余价值，可以将看上去不可一世的英俊的国王
瞬间沦落为乞讨生命的凄惨叫花子

2021年5月23日 午夜 寓所

一小块甜

白白牺牲了一场
盛宴
一小块甜
惋惜蜂巢巧夺天工的军事化管理

已经算是良心企业，保证低廉的信仰品质
没有在弄脏的烟囱上撒下云层感恩的盐
将最完美的制度运输到崎岖慌张的胃肠道安装
让崇拜香气的赤裸花朵
见证奢侈权力在场的内心灿烂

秤砣平衡了时间的重压
今天谁还在乎那个空洞的白昼捅开了马蜂窝的黑夜
围绕罗盘追问一枚蛋的原籍
质疑半人半鸟贡品的动机
揭晓侏儒精神恍惚的初衷

诱惑一万具身体共用一个脑袋
已是大势所趋
你可以说，我是无辜的
消除了唯命是从的冒险

载歌载舞雇用乌鸦和狮子的引领

但前提是，不接受任何反驳

包括蚁蝼自身

2021年6月4日 午夜草就

2021年6月5日 早晨改写

应许之地

我惊讶于那些小动物，
听得懂我们说话。她说，她们懂的。但有时故意装作听不懂，
当你不合她们的心意时。
她绘声绘色比画着，尽力让我明白，仿佛我来自外星球。
她继续道，这些狗狗猫猫既相似
又截然不同。譬如同样是你跨入家门
狗狗的反应是立刻扑上来，摇头摆尾跳跃着向你示爱，告诉你："你是我的唯一，不能抛弃我。"
而猫咪则完全相反，安静得像表演的女王，穿过锈迹斑斑的岁月检阅你的凯旋。你得致敬搂抱抚慰，将脸贴在她的胸口，领悟"我是你的唯一"。
当然，屈服温暖的她很快会反哺，投入你的怀抱。
我从未服侍过宠物，对她们一无所知。
难道她们也是我们的婴儿，
需要在旷野淬火，然后用熟悉的天使的摇篮领回家中锻造。
如果永恒的里程碑，是爱。那么是否可以说，她们都读过《圣经》，接受过真挚情感的教育。
因而用如炬的眼睛驱策我们长大。
斩断崭新的雨水和雾的铁钉
汇聚在上帝的应许之地歌唱。

2021年6月9日 深圳

同　类

“男人很容易被诱惑。”狙击他的
只有两张盾牌：一张是贫困的自卑，另一张是自卑的贫困。
除此，无人能阻挡他在天空的阴沟里翻船。

拍案叫绝！
灵魂咬牙切齿地鞭笞。
如果不是对不争气的肉体刻骨铭心的恨，怎能下得了如此重手。

但作为同类，从他烙印深刻的文身上
看到的却是彻头彻尾的炫耀：我是上帝的宠儿。
确实，他靠近心脏的口袋，
藏着随时起飞的氰化钾，
似乎，他们只屈服于自由的死亡。

2021年6月10日 清晨 寓所

精　灵

女人是匪夷所思的存在。多数时候
她们的言谈举止难以理解。
似乎佩戴了一套专门的密码系统，
聆听完神的旨意后，径自坐垂直电梯
从 399 层降落到地下 4 层，
由于绕过了商场、餐厅和美容院，
她们身上的仙气未被玷污至物质火电厂矿脉的黑洞。
当问及吊销执照的伊甸园是否重新营业，她们竟一脸茫然。
仿佛从未听说过肉体突击队员，解救违背毫无理由的严酷纪律的羽翼。
“在天上，我们只寻找探照灯般的灵魂伴侣，嗅着每一个能让思想的铀聚变为语言核武器的异己。”
“不谈恋爱，焉能快乐？”轮到一只咬合嘴唇的苹果疑惑。
“愉悦多巴胺的方式很多，为什么非要到身体里面去挖掘呢？”

也许说得没错，蒙着蛇皮的琴箱，
不是照样弹奏出了精灵无与伦比的天籁之音？

2021 年 6 月 12 日　清晨　寓所

次一等的目标

看不见人心的刻度
凭什么让深渊的吃水线
向你示好
裁判黑暗沉没的趋势
舀出踉踉跄跄远方的岸

仅仅是大风天的一次例外
让你抽身
减缓灯盏葬礼的速度
租赁自己的神
恰到好处的存在

从未有信仰的绷带
抑制了同一伤口生长的冲动
枯竭错误的相遇，共度良宵

深陷乐园的冒险家
扛不住光明的白昼
至少让损失的手不再丧失
成为命运回心转意的
次一等的目标

2021 年 6 月 15 日 凌晨 寓所

偏僻部落的灵魂

不敢相信只发生了一次
偏僻部落的灵魂
就结出了嗓音年轻的病毒花

她的胜利就是我们的死亡

“请原谅我的意气用事
提前释放了冒险的猛虎。”
创造军营背书的一个个良宵
把积液严重的前列腺仓储
向腹股沟的草原挺进一公里

地狱花园的指挥官
灰犀牛小伯爵尿中的彩虹
相互依赖雄骨
哀悼配偶春夜的叫喊
欠她们的世界
已长出溺水的新身体
把爱的除虫剂播撒给众天使
抵抗疼痛绷紧的银色飞船

可以告慰形式主义的天堂
蝙蝠突然结束了
耻辱虚无的香味
让心满意足怒放的谎言
安详于鲜花瞻仰的纪念碑

我们的胜利就是她的死亡

没有最后的胜利者，当牺牲被质押在肢解的位置。
没有无辜者，当废墟的电波大雪一样覆盖枯枝的大脑。

2021年6月15日 深圳

反作用的地球仪

这个白昼，异常焦躁
迫切想知道自己的下落
于是，一遍遍拨弄地球仪
产生了反作用，旋转越快
绳索抓住的手臂越亢奋
而当它恍惚，静止的灰尘
反而醒了过来。人类的绞肉机
不过是唯心主义的容器
充斥了形形色色的燃料

2021 年 6 月 12 日 健身房

价值观

纸面的文字最不可靠
尤其是替嘴代表的承诺
它的力量作用在证据不足需要彰显
或充当罪证时
价值不可控的致命后果
导致了知识的大幅贬值
无用以及身体的提心吊胆
因而在历史的生死存亡关头
看到的都是空白和鸦雀无声的
知识分子

认清这样崎岖幽暗的命运
依然无怨无悔不屈不挠认领着
要么是魔鬼
要么是神的代言人

2021 年 6 月 13 日 深圳

十八岁之前

十八岁之前，我以为我是世界的核，不知道电话何用。
十八岁之前，我以为地球是立起来的陀螺，可以鞭打着一直转圈。

十八岁以后，一只香蕉才被剥开皮，
见到了故乡大海以外的铁轨。

发现道路不是一条直线。
发现众多星宿的飞船组成了宇宙的航空母舰。
这样的认识是致命的：
挑衅秩序的夜总会
质疑律令的屠宰场

一只鸟应声落地。
枪的暴力把我震慑住了。
历史怎会让你见证它的重复。

你需要的只是剪辑
看见你所该看见的
听见已经过滤的
留下焊接的钢铁大厦

“不能输，否则会一败涂地。”
母腹羊水的起源库
结盟面目最初的火药桶
完败？完胜？
舌头的神雕刻了阳光的清泉
优先保持了时间潮汐车道的柔软性

2021年6月16日 深圳

病天使

精神出轨的声音，总是在肉体背叛前到达。比如发无名火，比如强行切开词语的河流，比如嫌你脏。

“站在人这边。”无可辩驳的理由。

当然，灵魂银质容器中的另一只眼睛也会同时张开。纵身一跃。鸟瞰。

瞬间把你还原为障碍物。扫地机。旧衣裳。过期药。蒙尘的书。

什么样的苦胆，
滋养了用心煎熬出的蜜的血玫瑰。
园丁答：是那身患爱情绝症的天使。

“自己是自己的医生。”
剩下来的日子，神的眷属，
要夜夜注销肉体颗粒无收的奉献。
熄灭全部的灯，串联伤口的珍珠。
把崭新的应许之地运输到黎明宣誓的窗户。

一只孔雀带着笼子渗出的羽毛摇曳地启程。

2021 年 6 月 16 日 午夜草就

2021 年 6 月 17 日 晨修改

恋爱的潮水

眼睛看见了基督
心却在搁浅中

天地间的悲哀莫过于
这混乱割裂的小小渡船
一心想用身体凿开天堂的钥匙
贯通风暴晕眩的隧道
替沉沦的光辉虚构最高的梦想

岸弄脏了月亮的百叶窗
捉弄恋爱的潮水
养几只孤寂的孔雀波浪
治疗红色浮标日常的单相思

不真实的翅膀身后都站着绝对深渊的源泉
但我们的脚趾够不着

2021年6月11日 午夜

源　头

可以是虚无的水蒸气
也可以是冰雕的花
凯旋出鸟鸣悲伤的锁链
或不能自持的幸福的老虎机
一群泪水，被岁月汪洋的熔炉
塑造为百变女郎

我反复叩问眼睛
同一种物质，从同一个源泉
夺眶而出
呈现出的却是截然相悖的意识形态
这是为什么?

仅仅是损坏的锈迹斑斑的心灵水泵
污染文明的源头
加速了黑暗重金属超标的狩猎场蔓延
不！我们弯曲了信仰钛合金孤独的中心

2021 年 6 月 24 日　清晨　寓所

一小块腺体

我在她身上提炼气息，把基因
压榨进瓶中，埋在家门口的大树底下。
我一次次烙印初心，考验
时间的芬芳。玫瑰，蔷薇，百合，勿念我，罂粟花
这些高速运动的机器，不断修改着混乱的沧桑的眼睛。
我从未想过磨损了嗅觉的手
还需分拣岁月松垮的胸部，送它们回炉。
如果灵魂通往的道路只有一条
那么一力缕情愫的发丝织就的铰链
不但亵渎了神
而且也是对自己的酷刑
难道再要絮叨，疲倦地挽救年轻魔笛手的旅程
执拗地告诉她们：任何一小块腺体的磁场
都不值得一试

2021 年 6 月 27 日 散步草就

夏天的精神病

夏天的精神病以墙体渗出泪痕为形式
呈现它的不可控性。
“我已忍无可忍，我已不是我自己。”

我们何时成为过自己呢?
是决定了自己的出生，还是抱着砒霜的羽翼展示了死亡的纯银?
抑或路口的一次小小转折曾听命于我们心律不齐的暴动?
习惯放弃就好了，你将得到神助。
譬如天空的闪电会被定义为自虐的电击疗法，安抚多动症的情欲。
再譬如讨伐枝叶的斧子，可以包装成排队的年轻冰激凌口琴手的预备役。
唯一应该拒绝的：不能承认策划了一起暴风雨的音乐会。
因为一旦被认定为悲剧的工伤事故
程序化的媒体医院将要求你
在各种样式的鉴定书上签字，配合
鲜红的手印
鞠躬
完美的世界。

一尊普通的遗像
将夏天的表演模仿得惟妙惟肖。

2021 年 7 月 4 日 凌晨 寓所

洗澡课

“清洁”，成为劳动的鸟儿每日的必修课。像光打在迷雾中。
“爱惜羽毛”的传统和信条
让流水活泼的手反复锤打身体的钟
听命于秩序崇高的铁丝网。

“活着究竟是为什么”，残存的意志飞地，常常把消极的力量发挥到极致
顶破乱麻堆砌的心脏。

“玩耍吧，这样的好词才能重生。”

血肉之躯横竖被锻造为一口沉闷的废铁
从头到脚作活塞重复的机械运动
嘟嘟囔囔守望牢笼确诊的时光

已厌倦僵尸每日的洗澡课
现代的阉割情节
宇宙最空虚孤独的黑暗部分

2021年7月6日 早晨 寓所

海的夜宴

海的夜宴
不如说是鱼的盛宴
她们穿上波浪的鳞片
窸窣如蛇之舞女
把羊群的白日梦陡峭出孔雀蓝的深夜
让吐出骨头的嘴自以为叮当作响的漏洞
一直会将垄断的舌头领回去灌溉
壮阔雪藏的虔诚的血腥味
受惠于失踪的船
眼睛的塔顶作业工
排列出秩序井然的鱼刺骨
推迟挖掘朝圣的眼泪
但这并非为吸引猫的大学生
报复幼稚的思考方式
而是祝福前赴后继雕刻成侏儒的英雄
把鸵鸟的脚手架托举到更高的天空上
如伟大的艺术品，一个王国
展示它的巫术和石榴裙的林荫大道

2021 年 7 月 16 日 昆明旅途

希冀莫须有的引擎

——赠 S

希冀莫须有的引擎
总会挑选不同年代的躯壳
系在志同道合的绳子上
支援繁衍纯粹的枝头
即便粉身碎骨
再次孕育出种族优异的赝品

亚当与夏娃的狂欢撑竿跳高过了毁灭的长度
保护众多毫无征兆的钨丝的降服
鉴赏虚无积压的爬行物

意外使我们冲出堤坝
这褒奖的乐园祝贺肉体囚徒的解放
但也无时无刻不挑战断代史的人生
不能寂寞
不能生病
不能泄气
更不敢摸索意义洪荒的慌乱
偏航严重的路线图
唯一看得见的准星
模拟飞蛾

以火焰的钟鸣扼住岁月傲慢的咽喉

完成极端偏爱的黑暗单相思

2021 年 7 月 16 日 昆明机场

远大前程

关于她的前程
每个见过的女孩都会说：“这小东西能长出翅膀。”
哺育收银机叮当的天籁之音
并经由程序的蛋壳优选晋升为天使
巡逻晨曦的人间
目标远大，施肥及时
即便是夜晚梦见欢乐账户的金融街牛郎都猜不到
基因一路高歌，突变为黄昏的猪场
款待摸黑贪早的过境货柜
开会讨论月亮的衰落

转折点是脊椎弯曲的颂歌
砌就一座光荣退休的石拱桥
回光返照
但刹不住车了

刚经受一场飞行考试
暴露了智商低于天空的警戒线
将灵魂迅捷折返肮脏的下水道

2021 年 8 月 11 日 凌晨 寓所

应急通道

“从下午三点到现在，差不多长了六英尺。”裙子围海造田的速度
让哨兵一眨不眨的探照灯深感羞愧
神在干什么？惊奇的事物
频繁在头顶越狱
竟然逃过了机关枪连绵的淫雨

玩忽职守，轻浮的铁锈红的面包屑
室外运动会改签跳水体验店
阳光最大的股权易主
转移热搜发烧的视线
颠覆行经之年的美好期冀

除了保留手脚眼睛的锦衣玉食
其余的，创造标准化的穷乡僻壤
哦，天才少女奇迹的零水花
一不小心吐露出真相
心灵长期在假货市场游荡
以致气球的囚徒遗忘禁令
占据了军用码头幽暗的消防应急通道

2021 年 8 月 8 日 散步途中

卷三　像白纸一样雪白

忧郁症的例假

那么她产床上其他日子的卵
派送到哪里了呢?

美与暴烈瞬间交媾
结出的怪胎
已无力阻止它升天

虚无是什么品种的鸟
不停地在身体里叽叽喳喳
一会儿饥渴喊“我受够了”
一忽儿又乐此不疲
搬起石头砸自己的脚

伦敦留学的小侄子不信邪
得到了资金雄厚的宇宙受训的背书
竟然说我的复辟论是忧郁症的例假
杞人忧天

容易的事禽兽爱做
革命性契约活蹦乱跳的即兴发言
挑战女医生沉疴的诊断

“相思病都喜欢走崎岖不平的神秘之道
抄袭云朵在未来摔成一个雨中的斜影。”

2021 年 8 月 26 日 凌晨 寓所

“苍天饶过谁”

思想的违章建筑并不奢望与尘世法庭的爆破手和解
保留一扇扑向天空的窗户
但它仍对岁月粗暴的推土机
心存一丝幻想：
让我拯救一次自己
供应沉睡肉身荒凉的电力

“苍天饶过谁！”如果野花朴素的信仰
坚定而热烈，历史回购的泪水的犄角又何以能面对各种梦的魔法
不屈不挠
摧毁大地裁判所的脚手架

从来不问为什么活着
仅敢揣摩不被祝福的火焰
是否悔改
回到组织的铁盒中

哀悼，孤独灵魂绝望的种子
伴随弹药库的虚空
羁绊上帝的召唤

独自悲伤，溯源与己无关的悲剧
以一小撮光为酵母拆迁黑暗的基石

这是灰烬辉煌的时刻

2021年9月28日草就

2021年10月3日 子夜 寓所改定

被删除的节日

她大笑道：“终于不用比赛愚蠢了。”

删除：光。爱的霹雳。
她曾仰望的
“竟然可以像海胆一样保留自己的刺，并且用这些荆棘丛自由行走”

“剩下一副白发苍苍的十字架”
“坐在张开大嘴的、充盈着黏液燃料的火山上”
生出新世界的子宫
为了尽可能地摆脱中间人，哪怕是自己
呻吟过的痕迹

谁的俎上肉。“有什么关系呢，比起上帝的监狱”
我们光顾过的文明，都是陈词滥调而已
只是无法对孩子们诉说，心痛
狰狞的面目

2021年12月25日 深圳 圣诞夜

天空之镜

美啊！一夜之间
大教堂飞上了天
绚烂的祷告玫瑰之魂
像癌细胞扩散的开屏孔雀
戳破天空之镜
碎片裂缝裹挟的妖孽鬼怪的洪流
将凋零的方舟系上黄金稻草
似乎人人都获得了勋章
扎进胸口
但不能说痛
因为语言泡沫焐热的冻僵的冬天
神一样存在
玩弄我们股掌
已无法让嘴完整拼接出狂欢的真相

2021年11月16日 旅途 绍兴

荒原的脚步丝一样轻

取笑坟墓的错误
每个人都谈论着别人
指引正确的道路

仿佛世界大同了
发达的罪恶
比烟花寂寞
接受了安抚的诏书
换取一张结尾很精彩的入场券：
“心上心，请用你的酷刑
让爱束手就擒。”

宇宙最大的主顾
唯独未看见自己的心灵货仓
琳琅满目

正是长身体的时候
不该塞进那么多私货与废物
缩小思考的比例尺
将野兽们文身得无比壮丽
配合荒原的脚步丝一样轻

2021 年 12 月 5 日 飞北京天空中

病了。似乎在谈论神话

病了。似乎是在谈论神话
一盏鸟笼的灯
驰骋思想的殿堂

一阵驴叫后，没人敢说不行
等到决堤的蚁穴的伤口悄然到来
涂油的河床
依然不相信病是自己的
严丝合缝掩藏绞肉机的源头

缝制马蜂窝护套的工作
托付给了盲眼的女管家
她会衣钵形而上学的杂役
肢解自由市场的根须
将挨饿的荒野
紊乱的数据云团
上升至宇宙战略：换了人间

冬日的风寒，没有病彻底
真正死去一千次，脱胎换骨才够格

2021 年 12 月 15 日 寓所

女歌手和她的耗子乐器

“这台机器很独特”
纵使操控者吸毒般亢奋
也很难让她支起精神
吹奏出激荡岁月的一段口哨
耗子，仿佛上世纪的古董
舌头的铰链
已经无法理解那个时代超短裙的热情
孤立环境的小眼睛
更是怀疑基因改造
紊乱了排水系统的最初程序
澄清使女歌手的杂音有了心跳
有人注意到几只爪子的故障
吱吱嘎嘎磨损得说不清词语
严重渎职。公开羞辱组织的智慧
不可能在地下秘密处决民族的未来
传统，断裂的替代品的皮带
必定经过集体开会讨论
既然到了这里
罪行是毋庸置疑的

“到底判决什么呢”

现在问题全部集中在一只猫身上
整个齿轮都露出来了
发出火焰“嘶嘶”的声响

2022年1月2日 深圳寓所

做梦是马终身的工作

做梦是马终身的工作。叛乱的尾巴
暴露了白昼的黑暗胎记
这些年努力记忆的色衰的美人
原来是火山屠宰的草图

没有永远上岗的阶层
成功进驻了每一颗心脏的焦虑
在一个晒太阳的正午
赢得了道路满身骚味的喝彩

远没到下场的时候
哮喘的轻骑兵
维持着时间换空间的球队旧配方
阔绰品尝老年斑的阴影之光

从插满氧气瓶的机器里
“博弈”像镀了釉彩的雏菊
衔着新出炉的烤焦的肥肉
将纵火的马厩撕出的一条条温柔的蛭
馈赠给亮出底裤的未来新娘

都在猜野兽吹哨的转折点：铁嘴巴里
碾过怎样华丽的头颅

2022 年 1 月 20 日 深圳寓所

课外作业

旧世纪废墟孕育的奇葩
为小学生破坏性的课外作业发条
上足了王冠致幻的燃料

它们数量之巨，犹如乌鸦黑漆漆的天空之路
释放出熔炉刚冶炼的亚当那红色的轮廓

看起来像男人。但仍属于语言的奴隶系统
在绳索两端胆怯的头等舱中闭环
反复论证已经证明是错误的正确理论

初以为无奈
仅擅长蛆虫之食的技能
复仇哺乳动物血亲伦理的豁口

已经坐实是卓越的飞行大师
钟情线路复杂的大词
在时间洋洋洒洒的流沙里淘金
而押送途中杜绝使用各类阴谋诡计

远处花岗岩别墅立着的旗帜

出手阔绰

断绝与风的任何来往

2022年1月21日 深圳

希望蜜罐

她走向万众瞩目的迷宫
但并不接受预告的密钥
一生的许多日子都在产卵
她说：“给我发个奖状吧，我快变成天使了。”

放大的花瓣，明亮的目标
攀登着自己创造的幻觉的乐园
仅仅因为“他们是年轻人”
布置了生活的天罗地网
在稳定的美德中发明窒息的破坏

不！人人都奔赴那个叫“希望”的蜜罐
用未经时间防腐的陷阱
修补身体可能的窟窿
有时用仁慈的枕头
有时撕咬辽阔的天空
更多的是等待与释放出火花的天堂交响

2022 年元旦

肉体锁链的印刷品堆积如山

空气饿了
为了赃物的扩散
竞争榴弹炮一样的嘴

其实也是肛门
肢解鲜红印戳的地址
将热腾腾的弹片吞下
化为药栓

已经算很有风度
教养的白手套错得越来越远
盲肠般敞开裤裆
藐视喝倒彩的眼睛

不是自己的泪，终究可以瘦下去
一根针刺
天线般屹立
缝纫铁锈的环节

肉体锁链的印刷品堆积如山
获得赦免

或者发动一场骚乱

要等后花园打来亲切的电话

2022年2月16日 深圳

糖水里泡大的嘴

告诉我，糖水里泡大的嘴
能否抵御尖锐物
甚至
视为乌鸦般的外来文明的
刺激胃口的红辣椒

舔一舔舌头的结果是
一辈子螺蛳壳里做道场
吹出了连自己都不认识的超级气泡
“这会是谁下的碎玻璃的毒？
尺度了长啸后窗户乱石的深渊。”
哦！已婚人士叹息
和平久了，忘了还有痛及一口口小棺材
流浪的闹剧

守望家园。行为艺术家
这么多傻瓜
持续被白蝴蝶扇了几个大嘴巴
肿胀如服了伟哥的晨勃
暴露了天空囚室乌青的屁股

死循环。难得观看的机会
淬火一下清醒了边缘立着的鸡蛋
嘴还是要硬。这仅有的器官
是生命幻想的权利
胜过任何能打胜仗的狱卒

寂静的深夜，此起彼伏
溅响鱼叉箭一样的火光
似乎要经受住真相的鞭尸
划出一道动物王国的波浪
筑牢受难者昂贵冲突的堤坝

2022年4月18日 深圳寓所

愤怒瘦成了一小块指甲

“美解开了痛苦身上的盔甲”
愤怒亦是。瘦成一小块指甲
在上面涂抹斑斓的春天
繁荣假肢制造业

就这么轻松越过了底线
从最后一滴血的雏鸡里挤出血性的狙击手
赞美阉割的勤劳

我也就此打住
给绿头苍蝇铺展一条饥渴的红地毯
为活下来的豁口
准备干净的笼中爪子

2022 年 4 月 30 日 深圳寓所

生活的桌面

锥子的衰落，让时代有点下不了手
凿了一整个夏天的隧道
恩施了壁上的一小块瓦斯
以为可以稳定生活的桌面
夯实一盆塑料花眺望窗口的玫瑰梦
但且慢，她说：
“你要自带避孕套
仅露出劳动的脚趾
显示文明的坚强。”

这样的日子值得重来几遍
将暴风骤雨的卵
孵化为永不凋谢的旗帜
耸立在天堂的大门口

2022年10月20日 早晨 寓所

太初有光

如今一切皆在缩小。不相信因果报应的我
也在隔夜的天空之碗盛放的银耳汤里
发现了宇宙的馊味。
而我正为爬升人蛆的尺度而欣喜若狂。
太初之光，娴熟浇灌厨房的刀叉之花
分享着搅拌蛋黄肉酱的快感
对他们的盘子说，女仆的上帝又发芽回来啦

2022 年 7 月 29 日 早晨醒来

花的节日

总得有所表示，亮出一个收缴的战利品
给备受恩宠的花的节日
占据从一而终的狂欢的神龛
对活蹦乱跳的幻想躯壳说：
“印痕。我来过了。”

犹如焊接的飞吻
信仰击鼓传花纸条般单薄的手
锚定血肉自由市场的一席之地
赤裸裸求救死亡的豪华

灵魂何时连根拔起
忠贞枯枝败叶
射出的一道道霞光之箭
轰响窝藏的汹涌遗嘱

断了脊梁骨的未来如果能提供走私的病历
一定是泛滥了虫蛀的光芒
比豹子更迅捷
露出毛茸茸驯服的下体
不惧怕任何变异的卵子

并且凭借天使的眼神看着我们
永远颤抖

2022 年 6 月 4 日 寓所草就

海的瓶颈

死亡仍具启示意义
攥紧无形的水压惊
张望精挑细选的一个吞咽的入口

原本平常的社交行为
分切了几根豆芽的道路
让泡沫环绕的嘴
享用短促呼吸的繁荣

击打，击打，击打

裸露并不合适。但充当一个范例
验证暴戾蛋白质
一年不如一年的宿醉水准
却是埋想主人换取永久产权保胎药
必须付出的代价

冒险，交配，塑造伟大的爱
落日的腹泻已赚得盆满钵满

如果胃口小一点

陈旧的波浪行李箱通过瓶颈
吹奏出一曲船舰震动棒的欢乐颂
应是可能的工事
毕竟雕琢了几十年温柔的器皿

2022 年 6 月 20 日 深圳

梦的终身制

梦的终身制。让配额的姻缘怀念露水夫妻的“自然法”
“谁被爱，谁就是少男少女。”

幸福，这束深秋吐芽的舞台剧
在舌头的甜蜜配合下
戴上了蛮横的手套
出色完成了石头准备已久的摸黑任务

看着他们踩着目击证人的余光升空
拖拽燕尾服
飞向紫色的远方
我认领了“同类”广大的胸襟

上帝的盛宴
撑起了废墟一场场的空欢喜

但我们说
这是心灵必须承受的历程

2022 年 7 月 14 日 早晨 克拉玛依

离题万里（组诗）

消息树

合格的鸟儿不多
有思想的偏房

因此在树下等待气象预报的发布
极易滋生
黑白分明腐烂的舆论压力

“那是深刻而普遍的道德命题，我的使命
是使天空的伤口不断缩小，直至消失。”
洋葱的炼金术为之释放谱系坚定的烟幕弹

猛禽将污秽庇护得不着痕迹
小狐狸兴高采烈，露出尾巴

离题万里

还是吃了一惊。说着说着就离题万里
“真相”这个词有点饶舌
接近它会无比害臊。

一个梦。错过了。依然会重逢
但勇敢的代价却是丧失
这次要换幕布了。第一反应
把那手控制起来
束缚
然后借舞台的超稳定结构
支持声音的标准化
不能溃疡座席的光芒
苍蝇好使成本低廉
恰如其分的低洼
在脏水里盘旋
窝藏碾压的靴子

庆幸

梦中都在笑。
以万分之一赔率获胜。
子弹在头顶斡旋，作散步状。
类似花花公子的藤壶，象征性伤害。

“她会缠着你的。”一生糊涂，关键时刻却不轻薄。
安慰乘虚而入的后遗症。醒来，他忏悔。
逃过一劫。配得上先知的“狗东西”

空气线人

不曾预料
空气线人密密麻麻的风力发电
唤醒了婚姻介绍所
离题万里的爱欲接力赛

是可持续的高温吗？秩序的优等生
露出羞涩的蛀牙的小号
对靠山吃山靠水吃水的教程
产生了一日四次腹泻的渴望

信心强迫症大剂量的收编
只在神话里演过
饥不择食的流寇
留下洁癖的买路钱

活成肥头大耳的嫖客
拥有夺冠的撒手锏
但仍不敢公开匿名的肥皂泡
荡涤难言之隐的原罪

老鼠还没有绝迹
“咱们。”多么难得的称呼
太压抑了，嗨一下也好

撤回对自己的非礼

一桩前所未有的严肃的大事
年轻时美轮美奂

2022 年 8 月 2 日 深圳

最近一周的魔法

贴标签，不失为生存的好办法。

“它会醒过来的。”
“这没有用。”

完全不同的世界

似乎发明了一种魔法
隐匿的手
操控着喝了鹿血的天空黑箱

确实，长久的牢笼
已经不会对梦的好奇心发出的传票
进行质疑与认证
我们只相信自己生产的幻觉的砒霜
是偏见与错误罂粟花的病人
是我们想听想看的东西的奴隶

因而当陨石的风筝
以为自己浸泡在天堂中
而不是坠入在垃圾场时

乱麻的线团抽出来了
它们是不需赋予任何意义的
解剖学、出生日期、国籍和废铜烂铁

2022年9月26日 寓所

万古愁

愈到晚年“命中注定”这样的牌
愈成为手中有力的武器
可以随时扔出去

就在十月的末尾。再往后倒退几日
一座铁索桥
轰然倒塌
为万古愁的滚滚肉身河流
解除了裁剪得体的无用的焦虑

我们所反对的
正是眼睛的监控器竭尽心力寻觅
想拥抱的
看不见的人质
赦免了时间仓储耗干灵魂的无限责任

然而又有什么好办法呢?

2022年11月25日 破晓前 寓所

汉语拼音

啊，喔，鹅，衣，乌
喉咙的炉膛
天天
陪白色磷火
练习做人的发音

就是制造不出一声“呸”的核弹
摧毁语言系统的溃烂
澎湃清亮的世界

鸡鸣狗吠时刻
至少要等三百年
楔入空气
厌倦黎明野心勃勃的异端邪说

真理走向一张嘴

2022 年 11 月 25 日 破晓前 寓所

接生婆

八点五十六分，哭了一阵
吞下一颗白色药丸后
他回到了婴儿状态
实现了不再具有法律约束力的夙愿
多好啊，换一个角色进入
边界消失了
动物群、植物群、矿物界
一切结构网络的钉子不复存在
甚至星星窟窿搭建的天路
在毫无形状的光芒中
崩塌
洞穿习惯破坏的地平线
接生婆已没有活儿
尘归尘，土归土
他一丝不挂敞开在穹顶下
没有意识到
此番冒险已经光宗耀祖
将承包一个新纪元

2023 年 3 月 6 日 天空中

我尝试用我的嘴

水在说话，在波峰与谷底
筑就一张肌肉膨胀的嘴

我抛出一个救生圈
尝试让它回答
起跳的意义

“奥妙在于，通过千百万年的正确与谬误的演变，把祖先的基因组织得无懈可击。那是一种收紧、放松再跃出的机制，和古老的弩以及如今使用的、借弹簧发力的打孔枪有着相同的原理。”

珍稀的蛋白质矿藏
即使精密的仪器都无法捕捉它
而宠爱它，为它定制金丝雀的笼子
一天则可以产下一千吨稻草和排泄物

这是奇怪的传统，活得漫长而寂静

2023 年 6 月 10 日 草稿
2023 年 6 月 14 日 改写

伟大的箴言

教育是门古老的生意
思想的货物被持续运送到实验室加工
尽管路途遥远，在“小心轻放”时
难免遭遇不祥的“咔嚓”崩裂声
但鉴于功能的齐全
即使裂缝、破碎或倒坍
仍能派上其他用场
在众目睽睽之下卖出一个好价钱
因此抗议诅咒发牢骚那些明火
都不算什么意外事故
反倒是促进调情的亲昵的黏合剂
被炫耀吹嘘存贮记忆的仓库
当然出类拔萃抬入殿堂供奉的
并不会是理论掌握得头头是道的尖子生
而是谦逊有手段、动手能力强
面对失败无所畏惧的坚定和耐力长久的马拉松选手
因为它们信奉一个伟大的箴言
“蜘蛛不是靠进攻战胜对方，而是靠等
布下天罗地网，束缚猎物耗尽心力
直至用毒针刺它降服或死亡。”

2023 年 6 月 14 日 深圳

记忆档案

“活得太久是一种耻辱。”
对吗?

“把它放在窗边吧
不！可能放入墙角更合适。”

心灵预测的风暴
现在看来不仅提前吹响了号角
还雄心勃勃
以核爆的蘑菇云
摧毁毫不设防的记忆档案

错在哪里
沙粒总想避免冲垮沙堆的最后一击

风的恫吓是有效的
成功塑造了它愿意看到的样子
我们
孤立且懦弱

2023 年 6 月 16 日 深圳

在头脑里举行风的婚礼

年轻人让世界肿胀
锻造不锈钢皮囊
使废墟纪念碑
压住地底欲望的根须
重新伸出来

给体内干渴的钟
敞开一个嘴
迎接亡灵呐喊的倾盆大雨
你是群山铁锈疲惫的肩头
更是满弓箭镞的飞机跑道

你腾飞
以闪电的犁铧
将缠绕的黑血剔干净
激怒天空流淌
疏浚青铜星体的堰塞湖

老骨头本该回到大海身边
凝望鸟巢的天花板
读报喝茶

引领蠕虫的弹跳
但你冰的火焰
却在晚年猎猎作响
抱住死亡绝对的旗杆
举行风的婚礼

我的模拟试卷
在头脑里开了花

2023年6月21日 旅途 福州

孰轻孰重

孰轻孰重
一眼就能看穿
但即刻表明心迹
无疑责备神的天平失效

虽然最后总是时间的焚尸炉赢
但让谷粒饱满
冲进暴风骤雨锻压
仍是创世的阳光滚烫的梦想

我在荒漠植树
支起海岬的擎天柱
给天空布下彩云和飞鸟

我设置边框
减轻被掠夺的唇的尖叫
使灼痛的灯芯
在输掉旅行的火焰时
不再盲目泪流

一切就绪，而答案早已揭晓

就等无形的风
一跃而起
裁剪枝条与枯叶
把烟的羽毛一层层剥去
直至看不见来路
形成新的肥料保护层

2023年6月18日 旅途

形式主义的花园

如果爱攫取了终点的狂奔
与黑夜勾勾搭搭的太阳落山
又怎能让我们倦怠

日子的每一声咳嗽
都是胸腔诠释的螺旋桨
用满盛歌喉的骰子上路

现在我宣布印刷早晨露珠的暴君冒烟了
他将不得不以自己的舌头灭火
炸毁语言的桥梁

因为从零点钟声爬出来的虫子
已为人类读书的骨灰瓮布下了天罗地网的地雷

这是夺回人的份额的最后宴会
须端坐中央，重置地址
挖掘矿藏的异端邪说
用果腹的伊甸园阻挡末日审判的到来

你，身披爱欲的燕子的闪电

把新生儿的纺织机都照亮了

落成了形式主义的理想花园

2023年6月23日 寓所

圣徒与囚徒

圣徒与囚徒
进进出出
但他们所说的“是或者不”
却源自同一个器官的权杖
显示出信仰盲目的独特性
这是火焰的胜利
用相互征用的身体
点燃枝形烛台的摇曳
我与你
沉默着祝福
黑暗来临前
耗尽思想掰开的铁屑
享受造物主的馈赠
把珍宝完美地展示在光明中
于是天空瞥见了双方欣喜若狂的使命
俘获了鞭子唯一的合法性

2023年6月23日 寓所

只能说疯了

他不是他自己
被神附了体
但他不知道
仍按神的口吻说话
用神的喉咙发声
借神的双腿跺脚

他停不下来了
认为神的意志
高过头颅
不能讨价还价
像热腾腾的菜市场
鹰啄他的眼
风扇他的耳光
大使封他的嘴

无法让自己清醒
只能说疯了
孩子都明白
幸亏是小小的爱神
如果全部的神到齐

必定乱成一锅粥
酿成惨剧

2023年6月24日 寓所

母猪情郎

——莫斯科兵变记

记住：夜的疼
献祭的打磨的酒窝
再次耗尽白昼腹部的能量
将招魂的穹顶
从干面包的星体的胯下钻过去

母猪证明
风口上学徒都能飞
在空出的座椅交媾
拼接苍蝇情郎的太阳群

滚烫的热血披荆斩棘
撑爆麦克风的弹道
但恰恰忘了
腹泻不是铁锤返修的必要条件
赎罪的救济才是
而此时嘴的铁匠铺晾在一边

蜡像伸进福尔马林的瓮中就位
回应脸色煞白的安详
其实早应看出坏血统模范生的拜师宴

筹备了足够容纳贫困年龄的厨艺

真正该羞愧的是我们
把人的作品镶嵌在峰巅房间的视网膜上
挥霍男童短缺的开头字母
用他洁白的羊毛哄骗死亡的借贷

当然这远远不是结束

2023 年 6 月 25 日 旅途中

吉祥物

在眼睛的压榨里
扑翅着风的合唱团
他们一直在飞
不肯停歇

从未赢得眼睛的喝彩
死亡驱赶着他们
仿佛只有在路上
才能活着离开

为什么不学习
烟
暴君的高空作业
威慑看得见
熟透阳光偶像的旧配方

嘴，甜言蜜语浸泡的故乡
一声心上人
即刻狙击了肉体乌鸦的出轨
成为吉祥物

即便后来证明

强颜欢笑的城下之盟

不过是赝品的假胸

泪的尖兵

2023年6月28日 午夜 旅途

沙穴，月亮的壳

光明袭来
爱情的寡头
四出飞散
寻觅可寄居的沙穴
半个世纪的潮汐
月亮锈迹斑驳的壳
看得见
疼痛
我们的软肋
在它的长笛上吹奏
以歌哭的叹息
有时用瞎眼的命运

2023年6月30日 旅途

像白纸一样雪白

薄光披在睡眠上
这是他需要的
没有这张皮
他者就是伸手不见的
黑暗的深渊

他感到满意
作为登临高山的人
他的手指点石成金
掀开万物泛滥的铜绿
涂上红胭脂

现在这些远远不够了
要刺激光晕的荷尔蒙
剔除阴影的小雀斑
像白纸一样雪白
直至完全纯洁

这张皮
必须披在他身上世袭
维护市场份额

2023 年 6 月 30 日 旅途

在空中拉锯

一开始就注定不是对等的比赛
岁月站在你那边
荒诞似我
主动挑逗时间金身不败的万神殿
以残损的血肉之躯

“我反对，”你说，“总得有例外的齿轮
垂范历史时钟的光荣刻度
托举荆棘的钟锤
如果非要决出胜利者
我请求与你互换位置
刺青你风暴的侧翼。”

锯子的两头挂满霜
我们欣喜
不属于旗杆上悬浮的任何木屑

2023年7月1日 旅途

我们的根

你投送的每一次
咳嗽的地址
都是硝石
在第三者看不见的
胸膛的天空燃烧

你变异出的
自我解读的通风口
成为心的衣帽间
最抚慰的镜子

锁链堂会的面市
敞开白昼遗迹的陈列馆
把风暴缩进夜的羊皮袄
窝藏

我们的根日臻成熟

残骸的内部起义
加冕向日葵的活火山公园
致敬的万言千语

胜过攀爬的缺席的阶梯

故国，你是狂魔青春的美男子

2023年6月29日 旅途

爱情的三伏天

爱情的三伏天
你可看见
我们招募的毒舌头
在你的互为奴仆的酷刑中热舞

无法降低的门槛
热血的铁笼
空中我们划出火烈鸟的休耕田
供掀开婚姻空调房的屋顶冷眼旁观

谁惹我们，谁就别想进入甜蜜的暴风雨
我们只奢望灼伤的嘴
在晨曦铺展的床榻受难
将没有船的明天送往彼岸

爱情会褪色
但它有打开天堂窄门的野心
哭喊着要成为一支地下组织的箭
积攒灰暗的天气对人间说：不

2023 年 7 月 9 日 旅途

来到你不在的世界

你签名过的地方
风的指膜仍在
尘埃的唇印仍鲜艳
而你已经不在

你打破沉默
用语言的通风口
给时间焦黄的牙齿
挽回妆容 ·挥而就的轻烟

梦中独起高楼
测验皇冠的舒适度
安排云梯就位
当反复的试探结束
凤凰涅槃
你已不在

何为正确答案
什么是好的结果
薄如蝉翼的雾
再次叩击漫漫岁月的拳头

依然无法轰响模糊的前方
申辩与判决的马拉松

回头看
梦寐以求的清晰反倒是一条死路
仅赚到一具呕心沥血的尸体
而当永恒的峭壁倾斜你
掏出彩虹的尿意随心所欲
任你挥霍
滂沱麻雀的小世界
那时
你却已经不在
永不醒来

2023年7月6日 旅途

2023年7月8日 早晨改写

思想的万有引力

虱子
在血肉的城堡
以雷电的补丁
冻结人质的密封圈

带着胜利者的喜悦
我换了一身皮
像一块跳板
住进了葡萄酿造的新房

2023年7月9日 旅途

一支蜡烛的小心脏向天空发出传票

一夜不够
再加上一夜
倘若仍然不足用失眠的起重设备
撬动压瘪的海
我甘愿耗光忏悔的泪水
直至大海扬波

谬误褫夺真理的灯塔
蒙蔽鱼儿的双眼
一个永久产权的死海遗产何用
不如受雇一千个百舸争流的港湾
加入竞争伟大的赛道

黎明
我想和你谈谈
借贷破晓前的肝胆
如果允许
愿意交出全部的赌资
为压迫星光的黑暗赎身

一支蜡烛的小心脏向白纸的天空许愿

并发出传票

将挖掘环球航行的螺旋桨

劈出一条匕首般闪亮的血色白昼

2023年7月25日 凌晨 香港

云霄站

星子离我们十万八千里
以往只有童年夏天的稻草堆
可以焐热它神一般的存在
今世幸运
随时搭坐飓风的飞船
公交车般上落
闻一闻它的汗渍味

人间被解雇
脱离了哭天喊地的哀鸣的迷宫
波浪夜夜笙歌托举的苦海
雪片般的谣言鉴赏家消失了
我们刺破月亮奶场的茧房
开垦黑箱缝隙隐藏的芳草地

命运的齿轮并非不可扭转。只要肯用脚投票
大步流星勘测原油的成色
像认真阅读新药说明书
既清晰它的功效
也明白它的不良反应后果

美梦已经蒸熟。我躺在云端的棉花丛中
一件件编织锦绣华服
体验着我们做牛做马的肉体披上婚纱的外套
“多威武啊。”摇曳生姿，像皇帝的新装
以致列车扩音器反复播放“云霄站到了”
仍不肯下车
严重败坏了头脑风暴累积的好名声

2023年8月2日 途经云霄车站

2023年8月4日 清晨寓所改写

梦的蓄电池

梦的风力发电，亦不可靠
少女们已经长大
踩入沼泽中
举起的双手像旗杆
昙花一现
高出地平线

未来的铜墙铁壁
种了一畦菜地

2023年8月4日 早晨 寓所

幻觉的启程地

——赠 B.Q.Q

看到了她的裸背
一阵激动
死神主人的一小步
已是我们的一大步
“我想窥探你的正面。”
她哈哈大笑
“不要被幻觉驱使
逗留启程的芳草地。”
心血来潮的苍蝇
阉人的黏液
但我仍为污迹可能的胚芽骄傲
死亡，我的主人
我匍匐
落泪
满脸清辉
盛装尾随她的阴影
不惜从大腿间取出一道处女航的闪电
捍卫阳光优柔寡断的氰化钾

2023 年 8 月 24 日 深圳汽车修理厂

我心中下起一场隆隆的豪雨

空气的锁孔
花了血本
尽显秋天轻盈的钥匙
我在山中迈步
全力挣脱夏天剩余的皮囊
瘦成一枚针
削砍臃肿的面容

来吧。让我再一次恋爱
羽化为落汤鸡
刺破这黏稠的夜
我感觉
头顶驶过一场心中的隆隆豪雨
凿出了一条履带的天路

“谁孕育了神迹？”
扮演救世主的奇观
使天使的鸡汤热泪滚滚
抓住隐藏的秘密洞穴的痰盂

我遥望身后晴朗的明天

燥热的死结

仍在地上打滚

像意气风发的不倒翁

2023年9月6日 寓所

雷暴实现了行走自由

我每天做的梦
千奇百怪杂乱不堪
从未理出一个头绪
织造一张网
捕捉仙境
反而实现了行动自由的雷暴
横冲直撞
把人间当美食
喂养它的军火库
将血色的肉体小舟
布置成艳丽的婚床

于是，我的梦破碎了
被脱帽放出来
向挖出眼睛的落日致敬

2023 年 9 月 10 日 寓所

我是唯一中断催眠的豹子

亚洲的豹子
一向勇敢
只要喊一声“大丈夫”
他就会无条件服从你的罗盘
哪怕牵来暴风雨
淹没了他的家乡
因为魔咒萦绕他：
“一旦违誓，必遭雏菊反叛。”

2023年9月11日 寓所

月亮上城

人世的茧房
总以幻觉的锦衣
为蛛丝的道路设计完美蓝图

诚然，作为自然的一部分
它算力的报酬是丰厚的
成功汲取了足够多的流量和曝光
但漏洞也显而易见
遗忘了命运偶然的突发事件
譬如一群猴子的闯入
奇袭的风以及随之而来的狂轰滥炸

神，了解这一切
神，掌握所有的奥秘
他说，不要灰心也不必担心
我将送你们一颗皎洁浩瀚的心
供你们发光发热
在那里
眼睛没有门槛
耳朵不会嗡嗡叫
嘴随意吠出一个愤怒的乐队

于是，我们得救了

亲身见证了月亮上城的圆满与美好

它庇护全部夜的安宁及所创造的空中楼阁

2023月9月23日 早晨 寓所

附：朱涛诗歌评论摘要

朱涛的诗是质感的，甚至是性感的。他语言中闪电的速度和力道，跳跃的、振翅越过飞瀑和深涧的风度，驾驭诗意的卓越能力，都是我非常喜欢的。他诗歌中一次次创造，一次次毁灭，又一次次重生的先锋自觉，常常给我一种想一探天空深渊谜底的冲动。

——张清华（文学批评家，诗人，北京师范大学教授、博士生导师）

他的诗，一看就知道是真正有诗歌天赋、有诗歌能量、懂得先锋诗真髓的人写出来的，里面含有一种直击人心的、具有原创性和打击力的元素。

这种直击人心的力量的来处，可能是一种源于无意识深处的词语被压缩过、归零过，然后又沉潜得足够深邃的那种包含了一种像炸弹一样爆炸出来的，像花一样开出来的爆发力——几乎是生态学意义上的一种爆发力。它不是说只是简单地玩玩修辞，搞搞词语的修饰和搭配就可以出来的一种所谓的装饰性的效果。不是的。他的这种诗句的爆发深处，有一种非常深的潜入到潜意识深处的原始力量，一种简单粗暴的、直击内心深处的，甚至是黑暗的东西，光都照进去的深处的东西。他要冲破词语，冲破修辞，甚至冲破诗意。然后他要不惜一切力量简单粗暴地爆炸出来，要跟世界的真相、世界的现象加以接触，加以综合。这样一种先锋，就是来自语言深处的那种黑暗，那种爆炸力，那种源头性的东西。然后这种力量一定要冲破文本的表面、诗歌修辞的表面，要跟世界，跟自我加以综合、相遇，从而构成我们称之为先锋诗歌的、称之为朱涛的个人风格标记的东西。

我们能够感受到朱涛的先锋诗歌是带给中国诗歌的一份厚礼。所以在这点意义上，朱涛的先锋诗歌具有一种很难被替代的，纯属他自己的标记性的东西。

——欧阳江河（诗人，文化批评家，北京师范大学教授）

朱涛的诗，拥有一种稀见的修辞穿透力，使得不同经验领域的语言符号具有特别自由的可交换性，而正是这种词语与事物之间广泛的可交换性，不断生成新的语义。他在并未将修辞技艺完善之时，迅猛地将诗歌修辞的特殊授权运用到自身的极致。

——耿占春（诗歌批评家，诗人，教授）

朱涛诗歌夺目的戏剧性，其不可消解的强度，不仅来自他精神内部的冲突、分裂和悖谬，折射着个体生命与现实世界的紧张关系，也来自语言被重新编码后的自我表演及其对阅读的挑战。他使痉挛和舒展、死亡和再生、哽咽和歌唱、冰雪封盖和硕果累累混而不分，并据此在日趋同质化的当代诗歌语境中尖锐地捍卫了先锋诗的写作伦理。

——唐晓渡（诗歌批评家，学者）

这样的诗篇就不仅是对现实的反应，已然是发明了一种新现实；这样的语言方式也不仅仅停留在对现实刺激做出反应的层面上，而是一种类似于创世的语言。从理论上说，所有的诗人和艺术家都应该是和必然是创世者，因为他们必须创造可能世界。但此处所说的创世的语言的意思是：它在性质上而非效用上与上帝之言相等同。可以说，在当今中国偌大的诗坛，能做到这一点的人并不多见。

——敬文东（诗歌批评家，诗人、博士生导师）

我是朱涛重返诗坛的见证人，对其近几年的创作状态比较了解，他诗歌的辨识度非常高，即使把他的名字遮住，仍然能知道是朱涛写的，具有自己高度的辨识性和美学风格。朱涛诗歌里面强大的、雄性的、霸道的、凌厉的力量，是少数几个把 20 世纪 80 年代的激情与英雄主义、人道主义保留至今，并且将其成功地进行冷化、解构，有自己独特的美学趣味和诗学理想的优秀诗人之一，是朦胧诗或超现实主义的升级版。并可预见，在未来，会耸立自己的诗歌纪念碑。

——李少君（诗人，诗歌批评家）

朱涛的诗歌，虽然是由“切肤之感”弥散而出，但他的诗歌不仅依靠灵感和激情，更多的是智慧和诗艺的经营。其诗歌话语趋向冷静、深邃，但在看似冷峻、尖锐的批判背后也存在着某种隐匿的情感，存在着思辨的力量，属于内敛型写作。朱涛的诗歌多用“黑暗”意象来表现超现实的荒诞，但却无恐惧之感，这是因为其诗歌中还保留着温情主义的成分，理性的批判与温情主义并存在诗歌文本中，这种悖论看似不可调和，甚至有损“诗性”，但是朱涛有自己的立场和价值判断。朱涛的诗歌也确实有一种“洞悉”的力量，以“变形”的方式揭开世界的“神秘面纱”，探索人的精神世界，在现实与超现实的游走中完成了理性的哲思。朱涛不断在文学外延中进行反常规的操作，在诗歌中一次又一次地进行“陌生化”的实验，试图在“词”与“物”的反复组合中进行深层的诗歌技艺探索和深入的思辨。朱涛并没有在大众文化面前向现实妥协，也没有遁入艺术形式的“扭曲”中寻求解构崇高的快感，而是始终执着于对“纯诗”的探索，忠于文学的深层实验，以他特有的方式思考人类生存空间的“变异”，叩问人类心灵，捕捉现代人的情绪，试图剥开现实世界的伪装和假象，表现世界本质和本真自我，将读者引向理性深处。在某种意义上，朱涛的诗歌完成了对当代诗歌形式和内容的增殖，提供了诗歌生长的另一种向度。

——孙晓娅（诗歌批评家，首都师范大学教授、博士生导师）

朱涛的诸多诗篇都做着这样的努力：试图建立一种新的语言秩序。诗情、思想、隐喻、想象、诉求等在个人经验中沉淀，发酵，结晶。语言破碎但不失诗歌整体结构的完整性。这一点是他在众多诗人中脱颖而出、格外显眼的重要依据。语言作为感受现实的方式，与其说荒诞，毋宁说是诗人为读者带来的具有无限阅读快感的魔幻性飨宴。诗人非凡的语言解构能力，既赋予了更多诗篇的针对性和指向性，增强了诗歌的深度和广度，也为现代诗的写作提供了一种新的可能性。

——田原（旅日学者，诗人，翻译家，教授）

朱涛对于21世纪的中国诗坛是一个惊喜，因为在朱涛重新拿起诗笔之前，我们几乎已经习惯了诗坛上有些热闹的“寡淡”，虽然创作界和研究界都在呼唤“拳头诗人”和诗歌时代的降临，但这更多的是一种美好愿景。当朱涛用天马行空的想象、深邃卓然的思考和极具陌生化效果的语言给诗坛带来新的震颤，我们有理由相信这种愿景或许就在不远之处。更为可贵的是，在保持极高创作质量的前提下，朱涛每年都会有百余首佳作问世，这种创作状态究竟需要多么庞大的创造力支撑，我们无法计算；只是希望它能尽可能长久地延续下去，因为对于一位兼具天赋与勤奋的本质型诗人来说，我们已经无须要求更多。

——罗振亚（文学批评家，南开大学教授、博士生导师）

朱涛的诗是经验的碎片、语言的奇思和精神的黑洞混杂而成，他从日常的意象出发，经由词语的变异、辨析、自我绵延，创造的却是反世俗的盛大景观。他不断对个人经验进行抽象和提纯，让精神在语言的幻象中飞翔，同时又试图证实，这不是诗意的冥想，而是更内在的真实。他是这个时代真正有语言抱负的先锋诗人。

——谢有顺（文学批评家，中山大学中文系教授、博士生导师）

朱涛重返诗歌写作后，以爆发的姿态写出了一系列优秀的诗歌作品，先后出版了《半轮黄日》《越奔跑越荒诞》《落花纪念碑》等诗集，引起诗坛瞩目，很多评论家都注意到了他的写作并先后撰文予以评论。朱涛的写作，在这个意义上可以视作 20 世纪 80 年代以来当代诗歌写作的一个典型个案。

朱涛写作中一个特别重要的关键词是“中断”。这一“中断”既是时间上的“中断”，也是美学和观念上的“中断”。“中断”导致朱涛的写作没有在一个既定的轨道上进行重复性的，或者常规性的，或者按照既定的逻辑和历史语境来完成的这样一种自动写作，所以朱涛写作的这种中断，不管出于何种原因，实际上都构成了朱涛诗歌写作里面一个非常重要的阀门。只有阀门在某一些时刻关上了，它才可能聚集更多的生命和历史的势能，然后来一次爆发。所以我觉得，这个“中断”应该成为研究朱涛或者进入朱涛诗歌、进入朱涛写作生涯一个非常关键的词。在这样一个中断之后，我们看到朱涛的写作有一个推高。因为很多人的写作其实是一条平行线，但是朱涛他是一个推高的线。这种高质量的写作，实际上让朱涛变成了一个诗歌评论家燎原谈到的“强力诗人”。这是我要讲的第一点。

第二点就是朱涛诗歌里面的先锋意识。先锋这个词，虽然它诞生得比较晚，但是它同样非常复杂。先锋首先是一个军事术语，比如先锋队，两军交战先是先锋交战，列宁最早把这个军事术语变成了一个政治术语，它实际上有一个语义转换的过程。实际上，在先锋这个词进入文学艺术界的时候，它一直是一个政治术语，它是一个历史性的概念。作为一个历史概念，先锋派、野兽派、未来主义、达达主义，基本上都是“反动派”，我们从政治正确的角度来看，它们都是反动派。但是先锋还有另外一个概念，它是一个区别性的概念——它不是一个历史性的概念——先锋是一个例外状态。施米特在谈例外状态的时候，有个特别有意思的判断，他说，政治就是决断。那么政治是在什么情况下的决断呢？是在例外状态时候的决断。其实朱涛的这种先锋性，我觉得更多的当然不是一个历史的概念，更是一个区别性的概念，是一个把自己和当代流行的写作区别开来的一种写作。实际上，所有有效的写作，怎样让自己变成一个例外状态的写作，这是非常困难的。所以我觉得朱涛的写作里面其实呈现出了这样一种例外的状态。而这种例外的状态在某种意义上关乎一个时间性、时间意识，一种完全当下的时间意识。

第三点我想讲的是，朱涛的写作如果从写作发生学的角度来看，它是一种应激写作，是一个具有强烈的现场感、即时性和当下感的写作。而这种现场感，这种当下性，也就是当代性的问题。我们很多的写作，其实都是在现场的写作，但是这个现场可能是一个景观式的现场，是一个假现场，人类真正的现场其实是被逃逸的、被消失的，而所谓的这种应激性的现场写作，能够把这种现场建构起来，召唤出来，将逃逸和遮蔽的现场重新叙述出来。所以你会看到朱涛的短诗是非常有力的。而且他是在运动状态之下写的，总是在旅途中，在飞机上，在高铁上，在一个高强度的流动性里面，把这样一个现场拽进他的诗歌。所以他的诗歌里面又有内爆的东西在里面，形成一种内爆的机制——每一个词语，每一个节奏，好像都有一种好像炸药一样的东西。所以内在的张力非常明显，根本捂不住。因此朱涛的诗歌有一种内在的力量感和紧张感。

这里面就涉及我讲的另外一个词，就是朱涛的诗歌里面有一种免疫性的东西，是一种免疫性的写作。这种免疫性的写作其实就是一种对峙的写作。在诗学里面就形成一种免疫写作。什么意思呢？就是我们要让一些东西消失了，另外一些东西才能生长出来；我们要让一些语言死去，另外一些语言才能够生长起来；我们要让一些主体消失，另外一些主体才能显现。这里面其实是有一种免疫的东西在里面。所以我觉得朱涛的诗歌有两种读法（当然也可以有更多种读法）：一种读法就是读它的——我刚才讲的——这种内爆的词语，它的节奏；还有一种读法是读他没有用词语表达出来的东西，就是那些没有被写出来的东西。其实后一种更值得我们去探索。

——杨庆祥（诗人，文学批评家，中国人民大学教授、博士生导师）

朱涛的诗歌，读过以后有一个整体的感觉，看上去在句法上非常口语化，它的复杂性在于，在词法上的组合会有很多的断裂或破碎，以至于我们读的时候跟读策兰不太一样。在策兰那里，它的句法也是破碎的，整个句子的结构也是破碎的，因此当我们进入策兰的时候，我们会有预设——我们就是面对一个非常破碎、非常混乱的文本。但是在朱涛的诗里面，我们会不停地在两种东西里面挣扎，一个是他的很顺畅的句法表达，但是同时我们会遭遇一些词语上的巨大阻碍；我们一会儿觉得读起来特别顺畅，一会儿就读得特别艰难，这会比面对策兰的时候困难更大。类似这样的一种词法上的表达，我觉得已经成为朱涛诗歌的一个特色，或者说是他娴熟运用的一种手段。

——张定浩（文学批评家，诗人）